Y PUMP

Anig

I unrhyw un sy'n chwilio am adref.

Y PUMP

Anig

MARGED ELEN WILIAM
gyda
MAHUM UMER

Rhybudd cynnwys: Yn ogystal â themâu ac iaith gref a all beri gofid i rai, ceir cyfeiriadau at Islamoffobia, galar a gorbryder yn y nofel hon.

Argraffiad cyntaf: 2021

Cynllun y clawr: Steffan Dafydd

Rhif Llyfr Rhyngwladol: 978 1 80099 063 0

Dymuna'r cyhoeddwyr gydnabod cymorth ariannol Cyngor Llyfrau Cymru

Cyhoeddwyd ac argraffwyd yng Nghymru ar bapur o goedwigoedd cynaliadwy gan Y Lolfa Cyf., Talybont, Ceredigion SY24 5HE
e-bost ylolfa@ylolfa.com
gwefan www.ylolfa.com
ffôn 01970 832 304
ffacs 01970 832 782

Y PU𝍸P

| **Tim**
Elgan Rhys
gyda Tomos Jones

|| **Tami**
Mared Roberts
gyda Ceri-Anne Gatehouse

||/ **Aniq**
Marged Elen Wiliam
gyda Mahum Umer

||/| **Robyn**
Iestyn Tyne
gyda Leo Drayton

𝍸 **Cat**
Megan Angharad Hunter
gyda Maisie Awen

Rheolwr a Golygydd Creadigol: Elgan Rhys
Mentor Creadigol: Manon Steffan Ros
Golygydd: Meinir Wyn Edwards
Marchnata: AM (Nannon Evans, Lea Glyn, Alun Llwyd, Llinos Williams)

Diolch o galon i Lenyddiaeth Cymru, National Theatre Wales, ac Urdd Gobaith Cymru am eu cefnogaeth.

amam.cymru/ypump

@ypump_

DIOLCHIADAU

Hoffwn ddiolch yn fawr i Elgan Rhys am y cyfle i fod yn rhan o fyd Y Pump ac am fod yn glust i wrando drwy'r broses heriol o ysgrifennu fy nofel gyntaf. Diolch i Manon Steffan Ros am chwistrelliad o greadigrwydd a hyder ar ddechrau'r daith. Diolch yn arbennig i'r awduron a'r cyd-awduron am greu dihangfa gynnes, rymusol a chwbl unigryw yn ystod cyfnod unig a diobaith. Diolch hefyd i Meinir a thîm y Lolfa am eu gofal a'u cefnogaeth. Diolch i fy ffrind, Shreya Mudgal, am rannu ei chariad at gerddoriaeth Urdu gyda mi yn ôl yn 2018. Diolch i fy chwaer, Lois Medi, am fod yn brawfddarllenydd gonest, gofalus ac amyneddgar. Diolch hefyd i Rhia Danis am ei hegni, ei harbenigedd a'i mewnbwn hynod werthfawr wrth osod seiliau taith Aniq. Yn bennaf oll, diolch o galon i Mahum Umer am ei brwdfrydedd, ei gonestrwydd a'i sensitifrwydd eithriadol wrth ddod â stori Aniq yn fyw.

MARGED ELEN WILIAM

CREU Y PUMP

MAHUM UMER

Mae bod yn rhan o brosiect Y Pump wedi bod yn brofiad anhygoel. Nod y nofelau yw dod â lleisiau newydd, amrywiol i lenyddiaeth Gymraeg ac mae wedi bod yn fraint cael gweithio ar *Aniq*. A finnau'n 15 oed, dwi ddim wastad wedi teimlo bod fy llais yn cael ei glywed a'i gymryd o ddifrif, ond mae'r gyfres hon, yn enwedig wrth weithio ar y nofel *Aniq*, wedi rhoi'r union gyfle hwnnw i mi i siarad. Credaf y bydd pobl ifanc yn gallu uniaethu â'r cymeriadau hyn a, gobeithio, yn gweld rhan ohonyn nhw eu hunain yn cael ei chynrychioli mewn nofelau.

Fel merch ifanc Fwslimaidd, dwi ddim wedi gweld fy hun yn cael fy nghynrychioli mewn llenyddiaeth, yn sicr nid mewn ffordd fwy realistig na bod yno ar gyfer 'amrywiaeth'. Dyna pam y credaf fod Aniq a'i stori yn dod â safbwynt ffres, gwir i ysgrifennu yn Gymraeg. Wrth ddarllen drafftiau, roeddwn i mor hapus pan oedd sôn am rywbeth diwylliannol neu grefyddol y gallwn i gysylltu gydag e, sy'n rhywbeth prin mewn llyfrau. Dyna pam fy mod wir yn gobeithio, drwy *Aniq*, a nofelau eraill y gyfres hon, y gall unrhyw berson ifanc uniaethu a theimlo ei fod yn gweld rhan ohono'i hun yn y cymeriadau.

Hoffwn ddiolch i Marged am fod yn awdur mor ysbrydoledig ac am ysgrifennu'n anhygoel, yn ogystal â bod yn anghredadwy i weithio gyda hi. Ac rwyf am ddiolch i Elgan, am adael imi fod yn rhan o'r prosiect hwn a'm cefnogi i o'r cychwyn. Rwyf hefyd am ddiolch i'r awduron a'r cyd-awduron eraill – Mared a Ceri-Anne, Iestyn a Leo, Megan a Maisie ac Elgan a Tomos, am fod yn dîm mor groesawgar, gan wneud y profiad hyd yn oed yn fwy pleserus! Er bod mwyafrif ein cyfarfodydd grŵp wedi bod dros Zoom, roedd awyrgylch groesawgar ac agored o hyd, a hynny'n adlewyrchiad gwych o'r Pump.

PROLOG

MANON STEFFAN ROS

Yn y dref hon...

Yn y dref hon, lle mae'r craciau yn y pafin yn wythiennau dan ein traed. Lle mae'r gwylanod yn pigo'r lliwiau o chwd y noson gynt ar fore dydd Sul, a'r siwrwd poteli'n sgleinio'n dlws wrth reilings y parc. Lle mae'r môr yn las neu'n wyrdd neu'n arian neu'n llwyd, yn anadlu'n rhewllyd dros y strydoedd a'r tai.

Dwi'n nabod fan hyn. Dwi'n nabod y bobol, heb orfod gwybod eu henwau na thorri gair efo nhw. Dwi'n eu nabod nhw fel dwi'n nabod y graffiti ar y bus shelter, a chloc y dre sy'n deud ers pymtheg mlynedd ei bod hi'n ugain munud i naw. Mae'r bobol yn perthyn i'r dref gymaint â'r ffyrdd, yr adeiladau, yr hanes.

Mae 'na bump sy'n bodoli yn fama fel rhes o oleuadau stryd.

Weithiau, maen nhw ar eu pennau eu hunain, wedi'u lapio yn eu cotiau neu dan eu hwds yn erbyn y tywydd a'r trwbwl, a'u clustffonau bychain yn mygu synau'r byd. Ond weithiau, maen nhw'n ddau neu'n dri neu'n bedwar neu'n bump – a dyna pryd maen nhw ar eu gorau.

Sŵn olwynion cadair olwyn fel ochenaid o ryddhad ar y pafin, bron ar goll dan alaw chwerthin y ffrindiau. Cip swil rhwng dau, a llygaid yn mynegi mwy nag unrhyw gyffyrddiad. Holl liwiau'r galon mewn sgarffiau hirion, meddal.

Mae'r rhain yn wahanol, y Pump yma, ond yn wahanol i beth, mewn difri? Weithiau, does dim ond angen gwên i wneud i chi sefyll allan.

Fraich ym mraich, pen un ar ysgwydd un arall, gwên gyfrin, sgwrs-hanner-sibrwd, jôc fudr a chwerthin aflafar. Ffrindiau gorau. Mae'r dref yma wedi gweld cenedlaethau ohonyn nhw, clymau tyn o gyfeillion, yn rhy ifanc i wybod mai'r rhain ydy'r ffrindiau gorau gawn nhw byth. Yn rhy ifanc i wybod mai pwy ydyn nhw rŵan, yn ansicr ac yn amherffaith a heb gyfaddawdu ar ddim, ydy'r fersiynau gorau ohonyn nhw fydd yn bodoli.

Yn y dref hon...

Maen nhw'n herio ac yn harmoneiddio. Yn llawen ac yn lleddf. Yn ffraeo, yn ffrindiau, mor doredig â'r craciau yn y pafin ac mor berffaith â'r blodau bychain sy'n tyfu allan ohonyn nhw.

Mae'r dref hon, rŵan, yn perthyn iddyn nhw.

1

MA'R GWYNT YN cael ffrae efo'r glaw. Patryma fel gwe pry cop yn sgleinio'n wlyb ar ffenest y gweithdy Celf. A'r gwynt fel weipars car. Yn newid y patrwm fesul eiliad. Ma 'na rai o'r diferion yn drwm, yn llithro mewn llinell syth am waelod y ffenest. A ma'n edrych fel tasa'r ffenest yn crio, cyn i'r gwynt lyfu'r dagra i ffwrdd. Eu sychu cyn i neb sylwi.

"Helô! Earth to Ani?!" Ma wyneb Robyn fatha haul o flaen y ffenest. Tasa fo'n lliw, melyn fysa Robyn. A ddim melyn cyffredin chwaith. Melyn cry fatha mwstard. Yn gynnas a braf. A ma mwstard bach yn spicy 'fyd, dydy?

"Be ti isio?"

"Pasia'r paent glas 'na i fi plis, bêbs." Ma'r pot yn wlyb. Ma'n gadael patrwm glas ar fy llaw.

"Ti in the zone, dwyt?" Ma Robyn yn nodio at y sgetsh dwi 'di bod yn syllu arna fo ers dechra'r wers.

"Na, dwi'n meddwl mai fumes y paent ydy o, sti!"

"Legal high yn y gweithdy Celf! Awê!" Ma Robyn yn

chwifio'i freichia mewn cylch yn yr awyr a'r brwsh paent yn bwrw glaw glas dros y bwrdd.

Dwi 'di'i golli fo dros Dolig. Ma'n rhyfadd, achos dydy o'm yn teimlo fel bo' ni heb weld ein gilydd ers pythefnos. Oedd y gwylia'n teimlo mor hir tro 'ma. Ond rŵan ma fel tasa fo heb ddigwydd o gwbwl. Mi oedd parti Siriol yn ddiwadd braidd yn od i'r tymor. Ac er bod mam Tami a pawb 'di mynd i gymaint o draffarth i neud i fi deimlo'n sbesial, ro'n i'n bell o sbarclo'r bathodyn Birthday Girl gesh i o'r Pass the Parcel.

Oeddan ni i fod i gyfarfod ar ôl hynny, ond ma gwylia Dolig wastad yr un fath. Erbyn i'r lleill ricyfrio ar ôl byta gormod o dwrci ma hi'n ddechra tymor eto. A finna'n hollol bôrd yn tŷ yn aros am decst yn ôl gan *rywun* i ddod i fy achub i.

Oedd o'n waeth tro 'ma achos na'th Abba aros yn ei wely literally drwy'r dydd a na'th Tariq jyst dreifio'i dacsi rownd dre yn chwilio am bobol 'di meddwi oedd angan lifft adra. Ddim bo' ni'n cael dathliad mawr fel arfer, ond oedd Ammi wastad yn gneud rwbath ecstra neis i swpar. Keema neu aloo gosht. Neu hoff fwyd Abba – nihari. Y cig oen yn frau, frau ar ôl swatio'n braf yn y slow cooker am oria. A'r coriander, y cardamom, a'r chillies, y garam masala a'r turmeric yn rhoi mwytha i fy holl synhwyrau. Loads gwell na twrci sych a veg 'di berwi.

Ma veg 'di berwi mor depressing.

'Nesh i ddechra sbio ar Insta Story y lleill, ond na'th o jyst neud i fi deimlo'n waeth.

Selfies a fideos o unedau bach taclus.

Byrdda hirsgwar.

Person i bob cadair.

Boomerangs diddiwedd o rieni yn tynnu cracyrs.

Swsus dan uchelwydd.

Pawb yn edrych yn hapus.

A dwi'n gwbod bod Instagram yn cuddio lot o'r crap. Ffilters fel papur lapio ac emojis fel plastars ar strygls pawb. Ond oedd o'n dal i frifo.

Ma cloch yr ysgol yn canu. A'th heddiw'n lot rhy sydyn.

"Reit, tacluswch eich stations, plis, Blwyddyn 11!" Dwi 'di colli Ms Blake hefyd. Fyswn i ddim yn deud wrthi, obviously. Fysa hynna'n weird.

"Iesgob, gest ti hwyl efo'r paent glas 'na, yn do, Robyn? Mwy o baent ar y bwrdd na'r papur, 'swn i'n deud!"

"Chi oedd fy ysbrydoliaeth i, Ms!" medda Robyn gan bwyntio i gyfeiriad desg Ms Blake sy'n edrych fel tasa rhywun wedi'i gollwng hi mewn pwll nofio o baent bob lliw.

Dwi'n dechra meddwl mod i heb wenu'n iawn ers pythefnos. Achos ma ngwyneb i'n teimlo'n rhyfadd wrth chwerthin efo Robyn.

Ma gan Ms Blake wyneb mor glên. A ma'i wastad yn gwisgo dungarees funky. Ma ganddi frychni haul dros ei bocha a'i thrwyn a weithia pan ma hi 'di bod yn peintio ma'r paent yn glanio ar ei hwyneb hi a ma'n edrych fel bod ganddi frychni bob lliw.

Fyswn i'n licio bod fatha Ms Blake pan dwi'n hŷn. Jyst hollol chilled, go with the flow. Ma 'na rwbath meddal amdani. Dwi'n teimlo'n fwy fel robot yn ddiweddar, fel tasa bob symudiad a phob dim dwi'n ddeud yn stiff ac yn anodd. Dwi isio meddalu chydig bach. Fatha Ms Blake.

"Cym on chi!" Ma Cat wrth ddrws y gweithdy. A Tim a Tami fel backing singers y tu ôl iddi.

Ma Tim yn gneud Celf hefyd. Ond oedd ganddo fo sesiwn efo Sian, y cwnselydd, heddiw.

Dwi'n meddwl na lliw glas fysa Tim. Na, dwi'n *gwbod* na glas fysa fo. Yn enwedig ar ôl gweld ei wyneb o'n goleuo fatha bylb wrth i fi ei baratoi o at y parti Calan Gaeaf llynedd. Oedd Tim yn sbarclo fel Power Ranger glas. Felly mae o hyd yn oed yn lasach ers y parti.

Ma Tami bendant yn biws. Piws tywyll. Yn ddibynadwy. Yn gysurus.

"Dowch 'laen! I ni gael mynd allan o'r dymp 'ma!" Cat eto.

O'r blaen, oedd Cat yn enfys. Enfys pastel, sbarcli.

Enfys ti isio sbio arni drwy'r amser. Ond rŵan, dwn i'm. Ma fatha bod hi bron yn see-through. Ma hi yna, ond weithia ma'n teimlo fel bod hi'n rywla hollol wahanol. Ella'i bod hi 'di blino trio bod yn bob lliw i bawb.

"T-ra, Ms Blake!" medda Robyn.

Dwi'n llwyddo i gau'r ffolder o'r diwadd. Dwi'n desbret am ffolder newydd.

"Diolch, Ms! Wela i chi fory!" Sgenna i'm gwers Gelf fory, ond ma Ms Blake 'di arfer efo fi'n ymddangos yn y gweithdy amser egwyl. Ac weithia amser cinio. Ac ambell waith ben bora cyn cofrestru. Dwi'n licio bod yng nghanol y llanast o frwshys a phapura a phaent.

"Ti'n cadw'n iawn, Aniq?" ma Ms Blake yn holi cyn i fi ymuno efo'r lleill. Hi ydy'r unig un o'r athrawon sy'n meiddio gofyn erbyn hyn.

Dwi'n meddwl bod ar bawb arall ofn. Yn lle siarad, ma fel bod eu wyneba nhw wedi'u rhaglennu i luchio gwên drist ata i bob tro maen nhw'n fy ngweld i. A tu ôl i'r wên patronising 'na sy'n gneud i fi fod isio sgrechian, dwi bron yn clywad eu hymennydd nhw'n ebychu, "Aniq Masood: Mam wedi marw heb unrhyw esboniad call o gwbwl yn y byd i gyd yn grwn. Gwên drist. Gwên drist. Aniq Masood: Mam wedi marw heb unrhyw esboniad call o gwbwl yn y byd i gyd yn grwn. Gwên drist. Gwên drist." A wedyn dwi bron â thaeru mod i'n clywad pob un yn rhoi ochenaid o ryddhad ar ôl i fi fynd heibio.

Ond ma Ms Blake yn wahanol. Ma hi'n sbio arna i, efo'i llygada gonest, caredig. A dwi'n coelio ei bod hi wir isio gwbod sut dwi'n cadw. A ma 'na ran ohona i sydd isio deud bob dim. Ond dwi ofn. A dwi'm yn barod.

Ma Robyn yn troi'n ôl. Ac yn deud "Ma'n OK" efo'i lygada.

"Dwi'n OK, Ms. Diolch."

Ma hi'n nodio. A ma fel tasa hi'n sbio i fewn i'n ymennydd i.

"Wel os ti ddim, ti'n gwbod lle dwi." Tro fi i nodio tro 'ma.

Dwi'm isio deud dim byd arall. Felly dwi'n mynd at gysur llygada Robyn. Dydy o'n deud dim. Dim ond codi ei fraich a rhoi'i siôl sidan, lilac amdana i. Diolch byth.

卌

Dwi'n meddwl bod y lleill yn joio adag yma o'r diwrnod, pan 'dan ni'n symud fel uned allan o'r ysgol. Ond dwi'm isio gadael. Dwi isio aros yn siôl Robyn a'i fraich fel ffrind rownd fy sgwydda.

Dwi'n licio rysgol. Licio fo go iawn. Sad. Dwi'n gwbod. Ond dwi'n licio gwbod be sy'n digwydd. Os ydy hynna'n gneud sens. Wel, dyna ydy o, ma siŵr. Dwi'n licio pan ma petha'n gneud sens. So pan ma genna i dybl Cemeg dwi'n *gwbod* bod o'n mynd i fod yn ddwy awr mega slo (heblaw bo' ni'n gneud arbrawf efo'r Bunsen burner ac yn cael gneud i'r fflam newid lliwia efo gwahanol betha. Ma hynna'n eitha cŵl). Ond hyd yn oed os ydy o'n slo, o leia dwi'n *gwbod* y bydd o'n slo. Ma'r chance o rwbath hollol ridiculous yn digwydd yn ofnadwy o isel achos… ti'n styc yn dybl Cemeg.

Be dwi'n ddeud ydy, yn yr ysgol, ma pob dim yn gneud mwy o sens. Ma 'na stafall i bob gwers. A slot i bob gweithgaredd. Pob dim yn daclus. A dwi'n gwbod sut i fynd o un peth i'r llall.

Cloch. Gwersi. Egwyl. Gwersi. Cinio. Gwersi. Cloch. Adra.

Ar ôl i ni adael yr ysgol, Duw a ŵyr be sy'n mynd i ddigwydd. A weithia dwi'n teimlo fel gweiddi 'Ydy Duw yn gwbod?' achos na'th o golli control go iawn mis Mai llynadd.

Shit. Ddyliwn i ddim fod wedi deud hynna. Dwi'n gallu clywad Daadi yn dwrdio fi o fama.

Sori Daadi. Sori Duw.

'Dan ni'n cyrradd allanfa'r ysgol. Ma Tim yn gwthio Tami yn syth allan heb stopio.

"Ffycin el, Tim, gad fi roi hwd fi lan!!" Ond dydy Tim ddim yn stopio. Obviously. "T-ra! Wela i chi fory, gobeitho!" Ma Tami'n trio sbio'n ôl arnan ni wrth i Tim anelu am gar mam Tami.

"OMG ma'r glaw 'ma'n horibl!" Ma Robyn yn gwasgu mraich i cyn ffarwelio. "Wela i chi fory, gang!"

"T-ra!" dwi'n gweiddi wrth iddo fo ddiflannu am y bỳs.

Mond Cat a fi sy ar ôl. Fedra i'm gweld car Daadi yn y maes parcio. 'Dan ni'n sefyll yn sbio ar bawb arall yn y glaw. Cotia pawb yn sgleinio. Mor awkward. Pam 'dan ni'm yn siarad? Ydy hi'n bosib hiraethu am rywun pan ma'n sefyll reit drws nesa i chdi?

"Sut w't ti, Ani?" Dwi'n teimlo fatha robot eto. Dwi'n styc. Fel Tinman heb ddigon o olew yn fy ngên i siarad. Ond cyn i fi fedru ateb ma'r gofalwr yn gweiddi.

"Allan â chi, genod! Mond chydig o law ydy o! Neith o mo'ch lladd chi!"

"Be ffwc mae *o*'n wbod?!" medda Cat. Ond mae o'n rhy bell ac yn rhy ancient i glywad. "Nobed!"

Ma Cat yn agor y drws gwydr trwm. 'Dan ni'n camu allan i'r glaw. Ych.

Cat oedd fy ffrind cynta i. Na'th Ammi ddeud wrtha fi am sticio efo hi pan 'nesh i gychwyn yn yr ysgol gynradd. Dwi'n meddwl achos bo' ni'n dwy yn edrych yn wahanol i bawb arall. Cat na'th neud i fi gymryd llai o shit gan bobol. O'n i'n arfer ista ar ben fy hun amser cinio. Sibrydion y disgyblion eraill fel gwynt drwy'r neuadd. O'n i'n gallu clywad nhw'n deud mod i'n drewi. Unwaith, 'nesh i hyd yn oed weld cymhorthydd yn troi ei thrwyn ar fy mocs bwyd i. Dwi'n cofio Cat yn sylwi ar hynny. Na'th hi fartsio draw, heb dynnu ei llygada oddi ar y cymhorthydd, gafael mewn darn o roti o fy mocs, ei lusgo fo drwy'r daal nes oedd o'n socian, agor ei cheg led y pen a gweiddi, "Delicious!!" rhwng brathiadau anferth. Ac er bod ei llygada hi'n dyfrio oherwydd y chillis gwyrdd a'r garam masala, na'th hi ddal i fynd. Dal i fyta. Dal i weiddi "Delicious"! Doedd y cymhorthydd ddim yn gwbod be i neud. Oedd drygioni Cat yn catching, a 'nesh i ddechra gneud yr un peth. Nes oedd yr holl neuadd yn sbio arnan ni'n gneud sioe.

Ar ôl i ni gael row gan Mrs Owen (fy row gynta, a'r ola…), na'th Cat droi ata i a deud, "Os 'dyn nhw'n gneud i chdi deimlo'n weird, might as well bod yn weird, 'de?" Ac er mod i ddim siŵr os na fel'na o'n i'n gweld petha, na'th Cat neud i fi deimlo fel mod i ddim angen cuddio ddim mwy.

Na'th petha newid ym Mlwyddyn 7. Na'th hi rywsut ffeindio'i lle efo'r Slayers. A doeddan ni ddim wir yn siarad. Don't get me wrong, oedd Tami a Robyn a fi yn solid. Ond oedd gweld Cat yn y criw 'cŵl' yn gneud i fi deimlo mor weird ag erioed.

Ond wedyn a'th Cat yn sâl. Ond mi oedd y Slayers mor stiwpid, oeddan nhw'n actio fel tasa salwch Cat yn catching. Na'th hi weld yn reit sydyn pwy oedd ei ffrindia go iawn hi, dwi'n meddwl.

Ond rhwng y Slayers, salwch Cat ac Ammi'n mynd, ma'n teimlo bo' ni out of sync rywsut. Fel tasan ni 'di trio pwyso play ar Spotify yr un pryd ond bo' fi hannar eiliad yn hwyr. 'Dan ni'n styc, yn trio dal i fyny efo'n gilydd.

"OI!"

Shit. Be rŵan?

Llygada.

Dannadd. Yn sgleinio'n felyn yn y glaw. Ych.

"Sgen ti'm burqa waterproof?!" Llais Garin tu hwnt i goed tal yr ysgol.

Tasa'r twat 'di cael enw'r sgarff yn iawn byswn i'n hannar madda iddo fo am neud pwynt digon teg. Ma Cat yn sbio arna fi fel tasa hi'n disgwyl i fi ateb yn ôl. Ond god, sgenna i'm mynadd.

"Oes, ma ganddi actually! Ond fysa hynny fatha gwisgo dillad nofio i'r ysgol, bysa! Felly lle ma dy dryncs Hawaiian di, y dickhead?!" ma Cat yn bloeddio drwy'r glaw a'r coed.

O god, dwi rili ddim isio gneud scene.

"Jyst gad o, Cat! Dydy o'm werth o!" Dwi'n teimlo

pinna bach yn dechra pigo drwy fy mreichiau. Fel tasa ngwaed i wedi troi'n lemonêd fizzy, fizzy.

"Yndy mae o, Ani! Dydy o'm yn iawn!"

"OI!"

Shit. Ddim eto. Canolbwyntia. Anadla fewn.

Dwi'n clywad llais Sian y cwnselydd yn fy mhen.

Be ti'n deimlo? Dy draed yn dy sgidia. Y ddaear, yn gadarn odana chdi.

Anadla allan.

Be ti'n ogla? Glaw. Cotia tamp.

Be ti'n...

"Fedri di'm clywad drwy'r tywal 'na?! Ydy o'n noise-cancelling ne rwbath?!" Ton o chwerthin pathetig. Blydi defaid.

"Fysa hynna'n aidîal i ganslo sŵn ffycars fatha chdi!" Cat eto. Dwi'n sbio i ffwrdd.

"Plis, Cat. Paid."

Ond ma 'na un llais yn herio, "Jyst gad iddi, ia, Garin, nobed."

Fedra i ddim peidio sbio i gyfeiriad y sŵn. Am blydi predictable. Ma Mo 'di ymddangos o rywla. Fo ddaru herio. Ma'n dal fy llygada i, ac yn nodio arna i. Be ma'n ddisgwyl? Diolch? O leia ma gweld ei sioe pathetig o wedi meddalu chydig ar y pinna.

"Piss off, Mo!" Ma un o'r BeiblLads yn bachu backpack Mo a'i wthio fo i nghyfeiriad i a Cat. "Ti'n ffansïo hi neu rwbath?"

Ma Cat yn troi i sbio arna i.

"Be?!" medda fi.

Ma llygada Mo arna fi wrth i'r BeiblLads ddechra cerdded i ffwrdd. Pam maen nhw'n cerdded fel tasan nhw'n mynnu baglu mewn i'w gilydd o hyd? Yn un lwmp swnllyd o falu awyr?

Ma car tad Cat yn sgrialu i fewn i'r maes parcio.

"Fyddi di'n iawn yn fama ar ben dy hun?" ma hi'n gofyn, yn amlwg yn poeni.

"Byddaf. Ma nhw 'di mynd rŵan eniwe." Ma'r pinna bach yn dechra mynd. A dwi'n sylwi ar Mo yn cerdded tuag ata i.

"Tecstia fi pan ti'n saff yn tŷ dy nain, iawn?" a dwi bron â deud, "Iawn, Mam!" fatha jôc. Ond dwi'n stopio. Achos ma'n brifo.

"OK."

Ma hi'n trio gwenu cyn rhedeg am y car. A dwi'n gweld mymryn o'r enfys. Ond ella na'r glaw sy'n chwara tricia.

Lle uffar ma Daadi?

Ma'r glaw fatha'r môr. Yn llwyd a diddiwadd. Fel tasa'r awyr 'di dal bob dim i fewn dros Dolig. Gwerth mis o ddagra yn un gawod flêr. O'n i'n gwbod ddyliwn i 'di prynu masgara waterproof. Robyn oedd yn iawn wrth gwrs. Typical. Ond dwi'm yn meddwl na glaw oedd o'n poeni amdano, rywsut.

"Does 'na'm raid i chdi aros." Ma Mo 'di mynnu sefyll efo fi tan i Daadi gyrradd.

"Ti'n styfnig, dwyt?"

"Medda'r un sy'n mynnu sefyll yn y glaw."

"Dwi'm yn meddwl fysa Tariq yn hapus bo' chdi yma ar ben dy hun." Dwi'n rowlio fy llygada yn y cylch mwya fedra i, nes bod fy mhen i'n rowlio yr un pryd. Oes rhaid i Tariq fod yn gymaint o frawd mawr stereotypical?

"Waw, Mo. Really subtle. Ti 'di cael orders i edrych ar fy ôl i, do?"

Ma Mo yn edrych i ffwrdd yn anghyfforddus.

Ma'r bŷs ysgol ola newydd basio. Dwi'n teimlo'n sâl yn meddwl am y glaw a'r chwys a'r hormons yn stemio'r ffenestri. Dwi'm yn sbio ond dwi'n teimlo'r stumia a'r llygada arnan ni.

Bysa Ammi mor flin. Bysa hi'n mynnu bo' fi'n tynnu nillad, sychu ngwallt a llowcio llond powlan o de gwyrdd efo llwyad o fêl i frwydro'r annwyd. Hi a'i potions. Rwbath ar gyfer bob poen. Un arwydd o salwch a ffwrdd â hi am y cwpwrdd. Hen gwpwrdd pren efo patrymau dail drosto fo. Mi oedd hi'n licio gadael i bobol feddwl na rhyw hen gwpwrdd ancient gan Nani a Nana o Bacistan sy 'di bod yn y teulu ers cenedlaetha ydy o. Ond ma Abba a fi'n gwbod yn iawn mai o stondin hen yncl mewn car bŵt flynyddoedd yn ôl na'th hi'i fachu fo.

Ma'r glaw yn dechra ogla fatha te gwyrdd. Yn chwerw o gyfarwydd. Dwi heb agor y cwpwrdd potions ers i Ammi fynd. Ma'r ogla yn llosgi fy llygada.

A dwi'm isio crio. Achos dwi ofn methu stopio.

Dwi'n gafael yn dynn am handlen fy ffolder gwaith Celf. Shit. Gobeithio bod y glaw heb fynd drwy'r tylla yn y zip. Dwi'n clywad clecian. Mond un car sy'n gneud y fath sŵn rownd lle 'ma. Daadi. O'r diwadd. Ma hi'n dreifio reit i fewn i'r pwll dŵr o mlaen i. Slam i'r brêcs. Mini swnami dros y ffolder Celf. Shit.

"Aniq! Ty'd i fewn o'r glaw 'ma, wir dduw!" Braich fach drwchus yn chwifio drwy'r ffenest. Gwinadd coch yn sgleinio drwy'r glaw, a sbectol wedi stemio uwchben yr olwyn. "Salam, Mohamed Bilal!"

"Salam, Anti!"

"Ti angen lifft i rwla?"

"Dim diolch. Ma Karim ar ei ffor." Ma Tariq a Karim, brawd Mo, fel double act tacsis y dre 'ma.

Blydi hel, dwi'n wlyb. Ma'r sêt yn gneud sŵn tisian

wrth i mi sodro fy hun arni. Slam wichlyd i'r drws. Ffiw. Dwi'n licio clywad y glaw ar do'r car. Ond blydi hel, dwi'n wlyb.

"Hwyl i ti, Mohamed! Cofia fi at dy rieni!"

"Allah Hafiz!"

"Sori, dwi'n hwyr, yndw?" medda Daadi wrth rowlio'r ffenest ar gau. Ma Daadi mewn timezone gwahanol i ni ers dwi'n cofio. "Ffwrdd â ni!"

Ref iddi. A ma'r clecian yn dechra eto.

Dwi'm yn cofio Daada. Ond dwi *yn* cofio'r ffraeo fuodd yna ar ôl iddo fo farw. Oedd Daadi'n methu mynd i nunlla heb Daada i'w dreifio hi. Oedd hi'n boddi mewn diflastod. Yn ffonio tŷ ni bob awr ar biga isio mynd i rywla o hyd.

"Ond mynd i le?"

"Wel dydy o'm ots lle, nadi! Mond mod i'n cael mynd. Mond mod i'n medru mynd!"

Ildio na'th Abba yn y diwadd. Ar yr amod ei bod hi'n pasio'r tro cynta. A dwn i'm sut yn y byd na'th hi lwyddo i neud hynny. Ma hi'n symud y gearstick fel llwy drwy gwstard cantîn ysgol. A ma fel sa hi'n mwynhau swyrfio rownd corneli fel sa 'na ddim fory. Fy moch i'n sownd i'r ffenest. A mreichiau i'n gafael yn dynn am fy mag. Un swyrf arall cyn slam i'r brêcs, ei thrwyn yn gwasgu i fewn i'r olwyn.

"A dyna ni. Adra'n saff!" Rywsut. "Ty'd rŵan i chdi gael cnesu."

Ma hi'n dal i redeg fel tasa hi'n ei hugeinia. Ei sgidia patrymog hi'n clecian ar y llwybr tuag at y drws. Defnydd gwyrdd tywyll ei salwar kameez yn aflonydd yn y gwynt a'i sgarff fel clogyn tu ôl iddi.

2

MA TŶ DAADI yn gynnas glyd wrth i ni gamu drwy'r drws.

"Dos di fyny i sychu, mach i. Dwi'n siŵr bo' 'na ryw ddillad ti 'di'u gadael yma o'r blaen yn un o'r cypyrdda yn llofft."

Dwi'n gadael fy mag a'r ffolder Celf ar waelod y grisia. Ma bob cam yn teimlo fel gwasgu sbynj. Wrth i mi gyrradd y landing ma Daadi'n gweiddi, "Mi wna i gwpaned o chai i ni'n dwy!"

"Shukriyah, Daadi!"

"Teek hay, teek hay!"

Dwi'n dechra cnesu yn barod. Ma ogla'r chai yn sleifio i fyny'r grisia. Ma fel tasa 'na gwmwl o sinsir o nghwmpas i wrth i fi gamu i lawr i'r gegin. Bysa well i mi decstio Cat. Ond cyn i mi estyn am y ffôn ym mhoced fy nghôt, dwi'n sylwi bod y ffolder Celf wedi diflannu. Shit.

"Daadi?" Dwi'n brysio am y gegin. Shitshitshit. "Daadi?!"

A fan'no ma hi'n gosod pob darn o bapur yn fflat ar wyrctop y gegin.

"Be dach chi'n neud, Daadi?!"

"O'n i'n poeni bysa dy betha bach di wedi tampio yn y glaw!"

Dwi'n rhuthro i hel y sgetshys.

"Doedd gynnoch chi'm hawl i fynd drwy mhetha fi!"

"Trio helpu o'n i, Aniq." Ma'i llais hi wastad yn mynd yn ddyfn pan ma hi'n dechra gwylltio.

Dwi'n gafael am y sgetsh ola a ma'n llygada i'n pigo.

A dwi'm isio crio, dwi'm isio crio. Achos dwi ofn methu stopio.

"Ydy Hamza wedi'u gweld nhw?"

Dwi'm isio crio.

"Na, dydy Abba ddim 'di'u gweld nhw… eto."

Ma hi'n ochneidio. Ac yn clicio'i thafod. A dwn i'm os ydy hi'n flin 'ta'n siomedig 'ta'n amheus. Achos dwi jyst yn sbio i lawr ac yn gafael yn dynn yn y sgetshys. Munud nesa ma'r chai ar y stof yn berwi drosodd.

"Damia!" medda Daadi dan ei gwynt, gan droi gwres yr hob i lawr i achub rhan fwya o'r chai.

Dwi'n mynd at fwrdd y gegin lle ma'r ffolder yn gorwedd yn flêr ac yn slotio'r sgetshys yn ôl yn eu lle. Ar ôl tipyn o drafferth, dwi'n cau'r ffolder. Ma Daadi'n dod â'r sosban draw ac yn tollti'r chai drwy'r strainer. Ma ogla'r cardamom yn cosi nhrwyn i. Dwi'n meddwl mod i wedi cael getawê ond dwi bron yn medru ei chlywad hi'n wfftio ac yn ochneidio yn ei phen.

"Ista, cyn i'r te 'ma oeri!" Dwi'n suddo i fewn i'r gadair ac i fewn i ogla'r sinsir a'r sinamon. Dwi'n licio anadlu'r ogla i fewn yn ddyfn cyn cymryd llymaid. A ma fatha yfad melfed. Fel llyncu ochenaid o ryddhad. Ma'r hylif yn meddalu'r tensiwn rhwng Daadi a fi am funud.

"Ti'n gwbod bydd rhaid i ti ddangos nhw i Abba ryw ben, yn dwyt?"

Shit. 'Nesh i siarad yn rhy gynnar. Dwi'n rowlio fy llygada cyn llowcio gweddill y chai. Tollti mwy o'r sosban drwy'r strainer, a gwasgu'r blas o'r hadau cardamom. Dwi'n teimlo llygada Daadi yn gwasgu i fewn i ngwyneb i.

"Dwi'n siŵr bydd dy dad yn ddigon da i ddod i'r arddangosfa gwaith cwrs."

Read the room, Daadi. Dwi'm isio siarad am y peth.

"Fysa fo ddim yn deg gadael iddo fo gerdded i fewn a wynebu'r rhain heb rybudd, na fysa?"

Dwi'n gafael yn anghyfforddus o dynn yn y gwpan chai. Ma nwylo i'n llosgi a dwi'n synnu bod y gwpan heb chwalu'n ddarna.

"Aniq?"

"OK, OK!" Ma'r sinamon yn dechra gneud i fi deimlo'n sâl. Ei llygada hi'n llosgi moch i. A dwi'n trio gwasgu'r rhwystredigaeth i fewn i'r gwpan chai. A ma'r pinna bach yn dechra eto. Yn pigo, pigo drwy mreichia a nwylo.

"Pam bo' chi'n gneud gymaint o big deal o'r peth?!" A dwi'n mentro sbio arni hi rŵan.

"Wel *mae* o'n beth mawr, dydy, Aniq!" Llygada mawr blin drwy wydr ei sbectols.

"I bwy? I Abba?"

"Wel, i bawb, yndê? Ond ia, i dy dad yn fwy na dim. Dydy o'm yn dda, nac'di, Aniq. Ti'n gwbod hynny."

"Ffycin hel! Pam ma bob dim amdano fo?! Fysa rhywun yn meddwl mai Abba ydy'r plentyn weithia!" A dwi'n gwbod yn syth bo' fi 'di gneud mistêc. Anferth.

"Paid ti â meiddio defnyddio'r fath iaith yn y tŷ yma!" Slam i'r bwrdd efo'i llaw fach drwchus. Y gwinadd coch yn clecian yn erbyn y pren. "A ti ddim yn blentyn ddim mwy, Aniq."

Dwi'n syllu i fewn i waelod y gwpan. Yn chwilio am siapia yn staenia'r chai. Plis plis plis paid â crio.

Ma cloch y drws ffrynt yn canu a ma Daadi'n codi o'r bwrdd i'w ateb. Diolch byth. Ma'r bwrdd yn dal i grynu mymryn bach ar ôl slam ei llaw hi.

“Tariq? Ti’n iawn?”

Be ma Tariq yn gneud yma?

“Aniq, ma dy frawd yma.” Ond cyn i Daadi orffen ei brawddeg ma Tariq fel corwynt drwy ddrws y gegin.

“Ti’n barod?” Ma’n gneud llygada arna fi a ma ’na wythïen hyll yn dechra popio allan o’i dalcen o.

“Yndw.” Dwi’n gwbod ei fod o’n flin. Ond neith o’m gweiddi o flaen Daadi. Mae o actually’n dangos parch tuag ati hi.

“Diolch am y chai.”

“Mae’n iawn. Ella gei di aros am fwy na pum munud tro nesa!”

Ma hi’n gneud llygada mawr ar Tariq. Ond dydy o’m yn sylwi.

“Fydda i yn y tacsi,” medda Tariq. “Allah Hafiz.” Mae’n rhoi sws sydyn ar foch Daadi.

“Sori am gynna,” dwi’n deud yn dawel wrth afael yn handlen y ffolder.

“Jyst cofia be dwi’n ddeud. Iawn?” Dwi’n gweld ei llygada tywyll yn sbecian uwchben gwydr ei sbectols. Dyna un peth dwi wir yn ei garu am Daadi. Dydy hi ddim yn cymryd unrhyw shit. A dydy hi ddim ofn ffraeo. Ond waw, ma hi’n gallu madda.

Cyn i Ammi fynd, oedd Tariq a fi'n cael laff weithia. Ar rai diwrnoda Sadwrn, tra oedd Abba ac Ammi yn gneud swpar, oedd Tariq yn mynd â fi am sbin tu allan i'r dre ac ar hyd yr arfordir. Dyna pryd oedd o'n chwara miwsig Coke Studio i fi. Ffenestri i lawr. Lôn wag am filltiroedd. Gwynt y môr yn ogla fatha crisps ready salted yn llenwi'r car. A Tariq yn canu ac yn drymio'r rhythm ar y llyw. Fysa fo'n siarad am hydoedd am pam mai Urdu ydy'r iaith fwyaf prydferth yn y byd. Ac oedd o'n mynd mor angerddol. Yn enwedig wrth sôn am ei hoff gerddor, Ali Sethi. Roedd llais Ali Sethi yn dilyn llinell droellog yr arfordir. Nodau a throeadau perffaith o annisgwyl.

Ond ma'r angerdd wedi mynd ar goll ers i Ammi fynd. A weithia ma'n teimlo fel bod Tariq wedi mynd i rywla hefyd. Dwi'n colli'r hen Tariq. Dwi'n colli'r teithiau tacsi. Dwi'n colli ni.

Ma Tariq yn diffodd injan y tacsi wrth i ni barcio tu allan i'r tŷ.

"'Nei di atab dy ffôn tro nesa, plis?" ma'n gofyn yn dawel heb sbio arna i.

"Dwi'n sori 'nesh i…" Ond ma'n torri ar fy nhraws i.

"Dwi jyst angan gwbod lle w't ti, Aniq. OK?" Ma'n cau

ei lygada yn dynn, dynn, yn amlwg ddim isio trafod mwy ar y peth.

"Ti'n iawn?" dwi'n holi yn ofalus wrth iddo agor drws y dreifar.

"Yndw. Dwi'n fine."

Taswn i'n cael punt am bob tro ma 'di deud hynna ers i Ammi farw byswn i'n gallu prynu lifetime supply o milkshakes i'r Pump yn y Shecws. Ma wir yn dechra mynd dan fy nghroen i. Achos ma mor amlwg bod o ddim yn 'fine'. A weithia dwi'n cael y syniad 'ma ella fysan ni'n crio efo'n gilydd fysa fo'n haws *stopio* crio efo'n gilydd. Ond bob tro dwi'n meddwl hynna dwi'n teimlo'n hollol stiwpid achos dwi literally erioed 'di gweld Tariq yn crio. Ma'r walia yn tŷ ni fatha papur so no wê bod o'n gneud adra. Fyswn i 'di clywad. Dwi 'di trio gwrando digon o weithia. Un ai mae o'n gneud rhwng teithia yn y tacsi – neu mae o jyst yn methu.

Dwi'n dechra meddwl bod o'n methu.

Ma'r tŷ'n dywyll wrth i ni gamu i fewn. Abba 'di mynd i'w wely yn barod a dydy hi ddim yn bump o'r gloch eto. Ma 'na blât budur yn y sinc. Ond o leia ma 'di byta.

"Haia, Bili bach. Isio bwyd w't ti?" Dwi'n rhoi bwyd

sych iddi yn ei phowlan.

'Nesh i ffeindio'r gath fach chydig cyn Dolig. Oedd hi'n crynu o dan dacsi Abba, yn edrych ar goll yn lân. Mor unig. Yn ysu am gynhesrwydd rhag yr oerfel tu allan. 'Nesh i ei golchi hi'n ofalus yn y sinc a rhoi chydig bach o gyw iâr plaen iddi a dŵr mewn powlan. Doedd hi ddim yn siŵr o'r cyw iâr ond mi na'th hi lowcio'r dŵr nes oedd ei wisgars hi'n sgleinio fatha gwe pry cop. Dwi'n poeni weithia bo' fi am weld poster 'ar goll' ohoni ar bolyn lamp. Ond dydy hynny heb ddigwydd eto. Ma hi'n saff efo fi am rŵan.

Ych. Dwi'm awydd bwyd.

"Ty'd rŵan. Bach o faeth. Neith les i ti, Aniqi."

Ydy o'n od mod i'n clywad be fysa Ammi'n ddeud weithia? Achos weithia dwi'm yn siŵr os na fi'n sy'n ei ddeud o yn fy mhen neu ydw i'n mynd yn hollol boncyrs ac actually'n dechra clywad lleisia. 'Na i jyst cael tost. Well na dim. Dwi'n llusgo fy hun, y tost, a'r ffolder Celf i fyny'r grisia. A Bili bach yn fy nilyn i.

"Nos da, Abba!" Dim byd.

"Nos da, Tariq!" Mwy o ddim byd. Grêt.

Ma Bili yn neidio yn syth ar fy nglin pan dwi'n ista ar y gwely. Cau cyrtans ar y glaw. Fairy lights enfys ymlaen. A ma'r lliwia'n goleuo darluniau o'r Pump 'nesh i roi i fyny ar y wal dros Dolig. Ma'r Blu Tack yn hen, a chorneli llun

Tami a Cat yn hongian yn flêr. Dim ots faint o weithia dwi'n gwasgu'r corneli yn ôl ar y wal, maen nhw wastad yn mynnu plicio i ffwrdd.

Organised chaos oedd Ammi yn galw fy stafall i. Ond dwi'n meddwl bod o'n agosach at organised. Achos ma bob dim mewn trefn oni bai am y ddesg. A dwi'n licio'r chaos. Achos fan'na dwi'n peintio ac yn sgetsio. No wê bod desgia artists go iawn yn lân ac yn daclus.

Dwi'n sbio ar fy ffôn o'r diwadd.

5 neges gan Cat. Shit. 'Nesh i anghofio'n llwyr.

Shitshitshit.

Cat'x

Sori sori sori Cat! Dwin hollol fine! Nath Daadi ddim stopio siarad ar ôl ni gyrradd ty. You know what she's like haha!! Tn ok? xx

O fewn eiliada i fi gael 'read' o dan fy neges i Cat, ma Snapchat y Pump yn dechra pingio.

☹ Y Pump ☺

CAT'X
SHE'S ALIVE!

_ROBXN
Cat. Tin drama queen bbz.

CAT'X
Soz Aniq nesh i textio pawb. On in poeni.

ANIQMSD
Haha sori pawb! Dwin fine!

_ROBXN
Obvs tn fine! Tin invincible cariad.

CAT'X
Odd Garin yn extra twatty efo ni ar ôl chi gyd fynd adra. Like seriously. Get a life?!

BRYAN_TAMI
So nw werth yr egni Cat.

TIMMORG
Dwi'n cytuno. Ma nhw i gyd yn first class idiots.

CAT'X

| Obvs!

_ROBXN

| Learned from the best ;)

CAT'X

| Obvs!

Cyn i fi gael cyfla i yrru Snapchat yn cytuno efo Tami, ma 'na notification arall yn wincio ar dop y sgrin. IM ar Instagram. Gan Mo.

'Dan ni'n ffrindia teulu, ond dydy o rioed 'di fel, messagio fi o'r blaen. Weird. Dwi'n clicio'r botwm home screen ac yn tapio'r sgwâr o'r enw 'bad for mental health' lle ma Facebook, TikTok, Twitter ac Instagram yn byw (ymgais fi i beidio mynd ar social media gymaint. Na'th o ddim gweithio). Dwi'n tapio'r rhif 1 bach coch yng nghornel dde top y sgrin.

mo_bilal

Gobeithio tn ok ar ol gynna. :)

3

DWI'N CAEL FY nhaflu o freuddwyd. Y teimlad 'na o ddisgyn. Fel tasa fy stumog i'n mynd un ffor' a nghorff i ffor' arall. A ma llyncu fy anadl fatha llyncu llond cegiad o ddŵr pwll nofio. A dwi'n methu cael fy ngwynt. Dwi'n effro ond dwi'n methu symud. Y pinna bach wedi fy hoelio i'n sownd i'r fatras. Chwys oer drosta i, yn gneud bob dim yn waeth. Yn troi'n ludiog rhwng fy nghroen a'r cynfasau.

Ti'n gwbod be i neud. Canolbwyntia ar dy freichia, dy goesa, dy ddwylo, dy draed.

Dy freichia, dy goesa, dy ddwylo, dy draed.

Fy mreichia, fy nghoesa, fy nwylo, fy nhraed. Fy ngwallt.

Ogla fy ngwallt. Ogla siampŵ neithiwr. Ogla glân. Yr eirin gwlanog yn plethu drwy'r cudynna hir. A ma'r ogla cyfarwydd yn toddi'r glud chwyslyd ar fy nghroen. Yn fy nhynnu i fyny ar fy eistedd. A ma ngwynt i'n ôl, yn oer ac yn braf drwy fy ngwddw. Bron na fedra i ei weld o fel cwmwl yn cosi fy ngwefusa. I fewn ac allan. Fel taswn i allan ar ddiwrnod rhewllyd.

Dwi yma. Dwi'n OK.

Ma Bili wedi stwffio'i hun dan y cwilt. Dwi'n rhoi mwytha iddi wrth drio meddwl be achosodd o tro 'ma. Dydy o'm yn digwydd mor amal ers i'r tymor ysgol ddechra. A ma bendant 'di slofi ers i'r pylia gychwyn yn yr haf.

Panic attack ma Sian yn ei alw fo. Gesh i siarad efo hi ar ôl i Ammi fynd. O'n i'n teimlo'n wirion yn deud wrthi i ddechra. O'n i'n meddwl bod 'na rwbath yn bod ar fy nghalon i. Tro cynta iddo fo ddigwydd o'n i go iawn yn meddwl mod i'n marw. Ac o'n i'n panicio'n fwy wrth feddwl na fel'na a'th Ammi. Mewn panig. Yn methu anadlu. Er bod y doctor 'di deud wrtha fi yn y sbyty bod hi 'di mynd yn dawal. Heb boen.

Ma'n rhyfadd though. Achos dwi mond yn eu cael nhw yn y nos hyd yn hyn. A dwi byth yn gallu cofio os o'n i'n cael breuddwyd neu hunlla. Ma jyst yn teimlo fel tasa 'na rwbath ofnadwy ar fin digwydd. A bo' fi'n methu gneud dim byd i stopio'r peth ofnadwy 'ma rhag digwydd. A ma'r ffaith mod i'n methu gneud dim byd i stopio fo yn gneud i mi deimlo'n styc. Mor styc nes dwi'n methu symud. Methu anadlu. Jyst methu.

Ma Sian wedi dysgu fi i drio canolbwyntio gymaint â dwi'n gallu ar fy synhwyrau pan ma'r pylia yn dechra digwydd. I deimlo'n agosach at y petha sy o nghwmpas i. Be dwi'n gyffwrdd. Be dwi'n arogli. Be dwi'n glywad. Wrth i fy ymennydd drio dwyn fy nghorff i blaned heb oxygen. Lle ma'r aer yn llonydd. Lle dwi'n methu symud.

Weithia dwi'n ofni bod o'n mynd i ddigwydd rywbryd arall. O flaen Robyn neu Cat. Neu'n waeth, o flaen Abba neu Tariq. Ond ma'n OK am rŵan. Achos dim ond fi a Bili sy 'ma a ma canu grwndi Bili mor braf dan fy mysedd a'i thafod papur tywod yn hongian yn binc yn ei chwsg.

Ma hi'n rhy gynnar i godi. Pump y bora yn fflachio'n goch ar y cloc digidol. Dwi'n troi'r glustog drosodd. Oerni braf fatha hufen iâ yn erbyn fy moch a dwi'n toddi i fewn i'r fatras. Bili yn fy nghôl. Dwi'n trio dal gafael ar yr eiliada pendwmpian, y sglefrio rhwng cwsg ac effro.

Dwi'n glyd. Dwi'n saff.

Ma larwm fy ffôn yn canu a ma Bili yn gneud ei stretch boreol cyn neidio o'r gwely i grafu'r drws.

Dwi'n methu dianc rhag absenoldeb Ammi yn y boreua. Ma'r tŷ mor llonydd, fel tasa'r walia yn dal eu gwynt yn disgwyl iddi ymddangos unrhyw funud. Roedd clywad ei chamau prysur hi i fyny ac i lawr y grisiau ben bore yn gneud i'r gwely deimlo'n fwy clyd rywsut.

Dwi'n codi, yn bachu'r headphones oddi ar y ddesg, a'u sodro nhw ar fy mhen. Tanio playlist bora, i gael gwarad o'r tawelwch sy'n pigo fy llygada. Dwi'n troi Lizzo reit i fyny nes bod fy nghlustia'n dirgrynu. Mor uchel ma'n teimlo fel ei bod hi'n siarad yn uniongyrchol efo fi.

Woo child, tired of the bullshit,

Ma'r curiada'n deffro fy nghymala fesul dipyn.

go on, dust your shoulders off,

Yn rhoi siâp i'r bore.

keep it moving.

Yn gneud i bob dim deimlo'n haws. Yn rhoi rhythm i'r rwtîn.

Dillad isa.

Crys.

Trowsus.

Tei.

Siwmper.

Sana.

Sgidia.

I do my hair toss, check my nails,

baby, how you feelin'?

Dwi'n rhoi fflic i ngwallt. Un swish o glymau ac eirin gwlanog.

Feeling good as hell!

Dwi'n estyn am fy mrwsh gwallt ac yn ista o flaen y drych sy ar fy nesg. Fyswn i'n lyfio cael un o'r drycha 'na efo bylbs reit rownd yr ymyl. Sgwn i os ti'n gallu cael un efo'r gola'n newid lliwia? Dwi'n tynnu'r headphones a ma'r rhythm yn diflannu. Ma'r boen o ddatod y clyma efo'r brwsh gwallt mor braf. Lot brafiach na pan oedd Ammi yn ei neud o. Literally. Oedd o fel tasa hi'n sgrwbio'r gridyll ar ôl gneud roti. Ond digon teg, mi oedd 'y ngwallt i'n sgleinio lot ar ôl iddi orffen. Ond waw, oedd fy roots i'n sgrechian.

Dwi'n bodio'r silff o sgarffiau yn y cwpwrdd. Pentwr o fy rhai i, a phentwr o rai Ammi. Dwi'n teimlo bach o vibes glas heddiw. Dwi'n gafael yn sgarff las pastel Ammi.

Ar ôl tynnu fy ngwallt yn ôl yn dynn, dynn, dwi'n lapio'r chiffon yn daclus am fy mhen, heb feddwl bron. Rhyfadd sut ma rhywun yn arfer mor sydyn. Ma mysedd i'n symud mor rhwydd bellach. Y clips fel magnedi yn slotio i fewn i'w lle.

Dwi'n bachu'r headphones.

Côt.

Bag.

Gwibio i lawr y grisia i'r gegin.

"Bore da, Abba! Dach chi'n iawn?" Ei drwyn yn ei groesair, yn mymblo'r cliwia dan ei wynt.

"Abba? Dad?"

"Hm?"

Mwstásh.

Trwyn.

Sbectol.

I gyd yn bentwr uwchben y papur newydd.

"Dach chi'n iawn?"

"Yndw tad. Rêl boi."

Yeah right.

Dwi'n gwasgu darn o fara i fewn i'r tostar. Ma Tariq dal ar ei shifft, ma raid. Dwi'n tsiecio fy ffôn i osgoi'r tawelwch.

☹ Y Pump ☺

CAT'X

OMG mar wsnos man dragio.

_ROBXN

Roll on hanner tymor!!

BRYAN_TAMI

Credu bo hanner tymor fi di dechren barod. Sori gang.

ANIQMSD

O na! Meddwl amdana chdi!

BRYAN_TAMI

Diolch. Bydde unrhyw Netflix recommendations yn ffab!!

_ROBXN

Nawn ni rwbath wsnos nesa ia?

O god, ia plis. Dwi'n dredio hannar tymor.

Ma'r tostar yn popio. A ma'r pinna bach yn gneud dawns drwy fy ngwddw wrth i fi feddwl am wythnos i ffwrdd o'r ysgol. Ma'r tost yn troi'n stêl rhwng fy nannedd. Dwi'n rhoi'r hannar arall yn y bin.

Cyn gadael dwi'n estyn am dabledi Abba o'r cwpwrdd uwchben y stof. Dwy dabled fach, grwn a phinc, un capsiwl gwyn a gwyrdd, ac un dabled wen efo llinell lawr y canol. Dwi'n estyn am wydr glân o'r draining board, a'i lenwi efo dŵr oer o'r tap.

"Dyma chi, Abba." Fy llaw ar ei ysgwydd wrth iddo lowcio. Dafnau bach o ddŵr yn sownd yn ei fwstásh. "Gobeithio gewch chi ddiwrnod iawn. Wela i chi heno, OK?"

Dwi'n rhoi sws ar ei dalcen.

"Allah Hafiz!"

Dwi'n bachu'r backpack a'r ffolder Celf sy'n cuddio yn y cwpwrdd-dan-grisia.

"Hwyl, Mina." Ma'r tost yn troi yn fy stumog. Dwi isio rhedeg i'r ysgol. I'r lle ma bob dim yn neud sens. Dwi ddim yn troi i sbio'n ôl. Dwi jyst yn deud, "Aniq sy 'ma, ddim Ammi." Cyn rhoi'r headphones ar fy mhen. A chau'r drws.

𝍸

Ar y bỳs, ma cotia gaea pawb yn drewi o'r oerni tu allan. Dwi'n bachu sêt wrth y ffenest. Neith 'na neb ista wrth fy ymyl, dwi'n gwbod hynny erbyn hyn. Felly dwi'n sodro'r backpack piws llawn ffeiliau ar y sêt agosa ata i a gafael yn dynn, dynn am y ffolder Celf. Ma nodau Lorde yn boddi'r sgyrsia swnllyd o nghwmpas.

Ma'r bỳs yn herio troada'r ffordd a'r rhai sy'n sefyll yn siglo'n ôl ac ymlaen, o ochr i ochr, nes cyrradd y gornel ola cyn yr ysgol. Ma corn y bỳs yn canu yr un pryd â nodyn ucha Lorde. Rhywun wedi croesi heb sbio, ma raid. Y plant ysgol yn cael eu lluchio i'r ffrynt. Mae 'na un yn trio defnyddio fy mag i'w atal rhag cael ei daflu'n bellach ymlaen. Ond ma mhen i'n llawn o Lorde a dwi'm yn sylwi nes bod ei wyneb o yn fy ngwyneb i. Garin. Shit. Ma'i gorff o wedi glanio'n flêr ar y bag. Yn ddwylo a breichia a bysedd i gyd ac ogla'i frecwast ar ei wynt yn crafu fy moch.

"Oi! Gwatsia be ti'n neud!" dwi'n gweiddi. Ond dwi'n sylweddoli mod i wedi gweiddi lot uwch nag o'n i wedi'i fwriadu wrth drio gweiddi dros Lorde. Dwi'n teimlo pawb yn troi i sbio arna i. Shit. Pam uffar 'nesh i weiddi heb 'run o'r Pump yma efo fi?

"Pam?! Sgen ti wbath peryg yn y bag 'na, oes?! Ydy o'n

mynd i explodio?"

Dwi'n teimlo'n sâl. Dwi'n clywad pawb ar y bŷs yn ebychu efo'i gilydd. Ma 'na rai'n dechra giglo. Ma Liam a Rhydian yn piffian chwerthin tu ôl i Garin, fel dau hyena pathetig. Ond does 'na neb, neb yn deud dim byd.

Yn ara bach ma'r pinna'n setlo yn fy ngwddw – un pìn i bob wyneb. Yn pigo pigo pigo. A dwi isio ateb yn ôl. Ond ma absenoldeb y Pump yn pwyso'n drwm arna fi.

Ma drws y bŷs yn agor.

"Allan â chi!" medda'r dreifar gan estyn am ei sigarét foreol.

"Ia, brysiwch lads, cyn i'r lle 'ma chwythu fyny! Bŵm!!" Ma Garin, Llŷr a Rhydian yn chwyrnu chwerthin erbyn hyn. A ma pawb yn baglu off y bŷs. Yn flêr ac yn swnllyd. A does 'na neb yn sbio arna fi.

Dwi'n teimlo'n hollol shit tan dwi'n cyrradd y gweithdy Celf. Ma Robyn yn sylwi'n syth.

"Hei hei, lle ma bouncy Ani fi heddiw?" Ma Robyn yn rhoi ei law ar fy ysgwydd. A ma fel tasa fo'n trosglwyddo mymryn o felyn i fi. "Ti'n lyfio dydd Mercher fel arfer! Dybl Celf *a* dybl Cymraeg!"

"Sori, Robyn. Gesh i shit gan Garin ar y bỳs bora 'ma," dwi'n cyfadda wrth agor y ffolder Celf ac ista wrth fwrdd arferol Robyn, Tim a fi. Ma Tim wedi ymgolli yn ei lun yn barod.

"O god, be ddudodd y twat tro 'ma?" Ma Robyn yn rowlio'i lygada.

Diolch byth, does 'na'r un o'r BeiblLads 'di dewis gneud Celf. 'Run ohonyn nhw'n ddigon hyderus yn eu masculinity i ddewis pwnc ar gyfer "genod a cwiars". Ma Robyn yn sbio i fyny ar ôl gosod ei frwshys paent yn un rhes daclus ar y bwrdd. A dwn i'm os dwi isio deud. Ma'n stumog i'n troi wrth feddwl am y peth.

"Wel dwi 'di arfer efo'r jôcs am y sgarff..." dwi'n dechra. Ma Tim yn stopio lliwio. A dwi'n gallu deud bod o'n gwrando.

"Ddylia chdi'm gorfod 'arfer', Aniq." A ma Robyn yn siriys. Dydy o mond yn galw fi'n Aniq pan ma petha'n siriys.

"Ma nhw'n afiach: yndyn. Ond dwi 'di tyfu croen eliffant ers y tro cynta i fi wisgo un. A dwi 'di meddwl gymaint am be ma'n olygu i fi, t'bo. A pa mor bwysig ydy o i fi." Ma Robyn yn gwrando'n astud ar fy ramblo. A dwi'n caru hynna amdano fo. Ma fel tasa ei wyneb o'n troi'n un glust anfarth. "So erbyn hyn, ma'r hijab yn teimlo fel rhoi arfwisg ymlaen, yn erbyn y sylwada shit, t'bo?"

"Fel gwisg *Power Rangers*?" Ma Tim yn dal ei dudalen A4 o ddwdls *Power Rangers* i fyny i ni gael gweld. A dwi'n gwbod bod Tim isio ateb pendant. Ond dwi'n drained ar ôl y digwyddiad ar y bỳs.

"Chydig bach, ond ddim cweit."

"Dwi'n dallt yn union be ti'n feddwl," medda Robyn, a ma'n gofyn, "Be ddigwyddodd bora 'ma 'ta?"

"Oedd o jyst yn rwbath newydd. Yn waeth." Dwi'n sbio i lawr ar y sgetshys. A dwi'n cofio Ammi yn sôn am sylwada tebyg gafodd hi ar ôl 7/7. Ond mond newydd gael fy ngeni o'n i bryd hynny. Fy mhrofiad cynta i o ddigwyddiad tebyg oedd gìg Ariana Grande ym Manceinion. Do'n i'm 'di dechra gwisgo fy sgarff adag hynny, felly do'n i ddim yn darged mor amlwg. Ond oedd mynd i'r ysgol dal yn anodd. Y teimlad 'na fod pawb yn syllu arna chdi. A ti'm yn siŵr os ydyn nhw dy ofn di. Dy gasáu di. Neu'n chwerthin ar dy ben di.

"Ym mha ffor' oedd o'n waeth?" A ma llygada Robyn yn tynnu'r geiria ohona i.

"Ddaru Garin awgrymu bo' genna i 'rwbath peryg' yn backpack fi a deud wrth bawb fynd off y bỳs 'cyn i'r lle 'ma chwythu fyny'." Ma gên Robyn yn gollwng. "Ma'n swnio mor ridiculous pan dwi'n ddeud o allan yn uchal."

"Ti'n ffycin siriys?!"

"Robyn?! Iaith plis," medda Ms Blake o'i bwrdd-bob-lliw.

"Sori, Ms."

"Ti'n effing siriys?" medda Robyn yn dawelach. "Effing hel, Aniq. Ma hynna'n effing ofnadwy."

"Sai'n deall," medda Tim wrth syllu ar y bensil las golau yn ei law.

Ma ymateb Robyn yn gneud i fi deimlo'n sgafnach, ar ôl teimlo drwy'r bora fel tasa pawb wedi cerdded drosta fi wrth fynd oddi ar y bŷs. Wedi fy ngwasgu i i'r llawr fel hen chewing gum.

"Dwi mor sori o'n i'm yna, Aniq." Ma'n rhoi ei law ar fy llaw i. A dwi'n teimlo mymryn o'r paent melyn yn suddo rhwng fy migyrnau. "Ti'm awydd deud wrth rywun? Ms Blake ella?" medda Robyn yn dawel.

"Dwn i'm. Dwi 'di sôn o'r blaen. Ond dwi'm yn meddwl bo' Garin yn cêrio."

"Ia, ond ma 'di mynd lot rhy bell tro 'ma. Effing *terrorist* joke. Ti'n siriys?" A ma'r gair yn teimlo fel yr holl sgidia ar y bŷs yn sathru arna fi eto. "Sori. Ma jyst yn gwylltio fi," medda Robyn wrth wasgu fy llaw i.

"Dwi'n gwbod. Ma'n shit."

"Mega shit." Ac er bod y shit ma Robyn yn ei gael mor wahanol i fi, ma jyst wynebu'r shit yn helpu ni i ddallt ein gilydd.

Cyn i fi fynd yn ôl at fy sgetsh ddiweddara, dwi'n gweld wyneb Robyn yn goleuo.

"Hei! Ti'n gwbod 'nest ti sôn gynna am y tro cynta i chdi wisgo'r hijab?"

"Ia?" medda fi'n amheus.

"Ti'n cofio ni'n coordinetio? Sgarff a siôl?"

"Obviously!"

A ma'r atgof yn dod yn ôl i fi fel gwynt y môr. Robyn â'i ben mor uchel. Fi â fy sgwydda reit yn ôl. Ein breichiau ni'n blethen berffaith. Ein camau ni'n clic clic clicio ar y llawr i rythm ebychiadau pawb arall. Oedd o'n teimlo fel bod y coridor wedi troi'n catwalk RuPaul, a'r stribedau hir o oleuadau dodgy yn fflachio i guriada ein cerddediad. Er bo' ni wedi ymarfar wrth y bus shelter ar y prom loads o weithia, oedd o'n teimlo fel y tro cynta un. O'n i'n teimlo'n invincible.

Ma llais Robyn yn dod â fi'n ôl i'r gweithdy.

"Dwi'n meddwl dylian ni neud hynna eto! Oeddan ni'n edrych yn iconic."

"Be am gael consultation bach heno?" dwi'n awgrymu, heb feddwl yn iawn.

"Be, yn tŷ chdi?"

"Ia. Pam lai?" A ma meddwl am gael Robyn draw i'r tŷ yn gneud meddwl am fynd adra yn lot llai depressing.

"Fydd dy dad a Tariq yn OK efo fi'n dod draw?"

Mond Daadi a rhai o'r mosg sy 'di bod yn dod draw ers mis Mai. Er, ma 'dod draw' yn swnio'n rhy neis rywsut. Rhy ysgafn. Rhy casual. 'Nôl ym mis Mai, oedd y tŷ yn debycach i'r mosg sydd ar stryd Mo. Oedd o fel tasa'r holl gymuned ar ryw fath o rota i ddod i'n gweld ni. I'n bwydo ni. I weddïo efo ni. I alaru efo ni.

O'n i mor disorientated. Hyd yn oed rŵan wrth feddwl yn ôl, dwi'n teimlo mod i'n siarad am rywun arall. O'n i'n teimlo mod i'n gwylio fy hun yn ista'n gegrwth ar lawr y stafall fyw. Y byd i gyd ar fast forward, a fi mewn slow motion. Fy nghorff yn methu dal i fyny efo bob dim oedd yn digwydd o nghwmpas i.

Na'th y rota dawelu fesul tipyn o fis Gorffennaf ymlaen. Ond ma 'na rai heb roi give up ar Abba. Ma 'na rai yn dod draw i drio cael Abba i ddechra mynd 'nôl i'r mosg yn amlach. I drio gweithio. I drio gneud *rwbath*. Ond weithia, ma'n teimlo fel tasan nhw'n beio fi chydig bach. Ddim Tariq gymaint.

Does 'na neb wedi deud dim byd yn benodol, ond ma fel tasan nhw'n disgwyl i fi ei fwydo fo allan o'r iselder. Maen nhw'n ymddangos wrth y drws efo pentwr o blatia a tupperware. Pentwr mor uchel dwi'n gorfod aros iddyn nhw ddod i fewn a'u gosod nhw ar fwrdd y gegin cyn mod i'n gallu gweld eu wyneba. A wedyn maen nhw'n holi'n ddibaid, 'Ti 'di trio gneud hwn, Aniq?', 'Roith hwn lot o egni i Hamza sti, Aniq', 'Ddo i draw ryw ddiwrnod i ddangos i chdi sut ma gneud, be ti'n ddeud, Aniq?'. A rhwng yr holl holi a'r siarad a'r swnian a'r haslo, ma 'inna Lillahi wa inna ilayhi raji'un' yn ymddangos bob hyn a hyn. 'I Allah rydyn ni'n perthyn, ac at Allah y dychwelwn.' Fel tasa hynny'n ddigon. Fel tasa hynny'n gorchuddio'r tawelwch am Ammi yn yr holl holi a siarad a swnian a haslo.

Shit. Dwi'm isio meddwl am adra. Ddim yn fama. Fama ydy'r lle lle ma bob dim yn gneud sens. Ond wrth feddwl am yr holi a'r siarad a'r swnian a'r haslo, dwi'n teimlo adra'n llifo i fewn i'r gweithdy Celf. Yn trio boddi'r lle.

Inna Lillahi wa inna ilayhi raji'un.

Ma'r pinna bach yn dechra herio. Shit. Ddim yn fama. Cofia. Ti yn y gweithdy Celf.

"Aniq?" Llais Robyn. Canolbwyntia ar lais Robyn. "Ti'n iawn?" Ei law ar fy llaw. Yn gynnas. Yn gadarn. Yn chwalu'r pinna bach. "Aniq?"

Llais Robyn. Llaw gynnas. Ogla paent. Tim yn hymian 'Lan y Môr' gan Adwaith.

Ma'r pinna bach yn cilio. Dwi'n OK. Ti'n OK.

"Sori Rob, o'n i'n bell i ffwr' yn fan'na," a dwi'n trio anwybyddu'r crac lleia erioed yn fy llais.

"Blydi hel, Ani! O'n i'n dechra poeni bod 'na rwbath massive yn bod," a ma'n gwasgu fy llaw i eto cyn symud ei law yn ôl at ei waith peintio. "So, ti'n meddwl fyddan nhw'n iawn?"

"Pwy?"

"Tariq a dy dad? I fi ddod draw heno?"

"O ia, sori!" Shit. Get it together, Aniq. "Wel, ma Tariq basically'n byw yn y tacsi a fydd Abba ddim callach."

"Dwi'm isio styrbio though!"

"Fyddi di ddim! Dwi'n addo."

Dydy Robyn ddim yn edrych yn hollol convinced.

"O, ty'd draw, plis! Plis? Gei di iwsio palet newydd fi!"

"O go on 'ta! Consultation amdani!"

4

"TI'N OGLA FATHA dy fam heddiw, Ani!" medda Cat rhwng brathiada o'i brechdan. Dwi'n teimlo'r lleill yn mynd yn tense i gyd. Dydy hi byth yn meddwl cyn deud petha. Dyna o'n i'n licio amdani i ddechra. "Sgarff dy fam ydy honna?" Eto. Dim ffilter o fath yn y byd.

Dwi'n teimlo Robyn yn gneud llygada ar Cat.

"Ia, OK? 'Dan ni wastad 'di rhannu petha. Ti'n gwbod hynna," medda fi'n ddiamynadd. Ma'r fflach o felyn gesh i gan Robyn yn y wers Gelf yn dechra pylu. A dwi'n trio ngora i ffeindio'r egni i beidio gwylltio efo Cat. Er llygada lleuad Robyn, ma Cat yn dal i fynd.

"Ia, ond ma'n wahanol rŵan, dydy?"

Dwi'n teimlo llygada Robyn yn mynd yn fwy ac yn fwy nes ma'i aelia fo ar ben ei dalcen.

"Jyst gad o fod, Cat! Plis!" A dwi'n teimlo'n ddrwg yn syth bìn, achos ma'i llygada hi'n hongian yn ddiniwad rhwng y boen o fethu helpu a methu dallt. A fyswn i'n licio gallu deud wrthi, ond lle dwi'n dechra? Dwi'n teimlo fel bod 'na ormod o amser 'di pasio. A ma gan Cat ddigon ar ei phlât ar hyn o bryd.

"Os 'dyn nhw'n gneud i chdi deimlo'n weird, might as well bod yn weird, 'de?"

Ond ma hyn yn fwy na weird. Ma hyn yn unbearable. Ma mor tu hwnt i weird dydy o ddim yn gneud sens. Ma Robyn yn trio rhoi ei law ar fy mraich ond dwi jyst isio mynd o 'na. Dwi'n rhuthro heibio byrdda'r bistro. A dwi'n teimlo fy llygada i'n llosgi.

A dwi'm isio crio. Achos dwi ofn methu stopio. Dwi'm isio dwi'm isio dwi'm isio.

Dwi'n cyrradd y toilets merched. Dwi'n trio dychryn y dagra i ffwrdd drwy anadlu'n ddwfn, ddwfn. Neith Cat ddim dallt. Dallt mod i'n teimlo mor saff yn fy sgarff. Fel tasa 'na swigen sidan yn fy amddiffyn rhag y byd. A weithia, dwi'n clywad ogla Mam. Ddim ogla'r pyrffiwm na'th Cat arogli, ond ei hogla naturiol, go iawn hi. A mae o fel haen ecstra o ddiogelwch.

A'r ogla yn mynd a dod efo'r gwynt. Ogla fysa chdi byth yn gallu'i gymysgu a'i roi o mewn potal i'w chwistrellu, achos mae o mor unigryw, mor arbennig. Mor... jyst mor Ammi.

Dwi'n trio meddwl am y môr. Y prom. Ac Ammi.

Ammi a fi yn cerdded. Hoff le Ammi yn y dre. Ac ogla Ammi fel tonnau. Halen y môr yn tynnu'r ogla allan, fel halen yn tynnu'r blas o fwyd. Abba yn chwerthin, yn tynnu coes fod o'n methu deud pwy ydy pwy wrth i ni gerdded o'i flaen fraich ym mraich. Tariq yn gwenu, yn dalach na ni'n dwy, yn herian Ammi fod 'na wylanod ar ei hôl hi.

"Watch out, Ammi! Ma 'na un arall ar y ffor'!" Tariq yn gneud llygada mawr crwn ac yn sbio reit uwchben Ammi.

"Be? Lle?!" Ammi yn mynd i banig, yn sbio o'i chwmpas yn wyllt. Doedd o'm ots faint o weithia oedd o'n gneud, doedd hi byth yn dysgu. "Tariq!" Slap chwareus wedyn wrth iddi sylweddoli mai jôc oedd o eto. A Tariq a fi'n brifo chwerthin.

Dydy Abba heb fod yn agos at y prom ers iddi fynd. Dwi'n gobeithio bod 'na fôr yn lle bynnag ma hi. Bod 'na brom braf yn mynd am byth. Heb wylan yn agos at y lle.

Ma cloch diwadd cinio yn dwyn gwynt y môr. A ma drewdod melys y toilets merched yn ei le.

5

MA ROBYN A fi'n camu i fewn i'r tŷ. A dwi bach yn nyrfys. 'Dan ni'n tynnu'n sgidia wrth y drws a dwi'n gweld Robyn yn sylwi ar sgidia coch Ammi. Fel cychod bychain, gwag ar draeth sych o garped. Yn ista'n drist wrth y drws ffrynt.

"Dos di i fyny. A' i i nôl lemonêd i ni!" Dwi'n trio tynnu ei sylw.

"Www ia plis!" Ma gweld Robyn yn sgipio i fyny'r grisia yn ysgwyd mymryn ar lonyddwch y tŷ. Ma fel tasa fo'n gadael llwybr o belydra aur ar ei ôl, sy'n sgleinio yn erbyn llwydni'r tŷ.

"Salam, Abba," medda fi wrth estyn am ddau wydryn a'r botel lemonêd yn y ffrij.

Fyswn i'n synnu dim bod o 'di aros yn union yr un lle drwy'r dydd, jyst bod ei drwyn o chydig yn ddyfnach yn y papur newydd. Fatha bod o'n trio'i ora i chwilio am eglurhad yng nghliwia'r croesair.

Erbyn i fi fynd i fyny'r grisia ma Robyn 'di rhoi 'Modern Love' gan Bowie ymlaen ar ei ffôn. A dwi'n teimlo'r lliwia yn fy stafall i'n gloywi.

"'Na chdi." Dwi'n rhoi'r gwydraid o ddiod pefriog i Robyn. Ma'n llowcio'i hannar o wrth i'w sgwydda fo symud i'r gân. Dwi'n methu stopio fy hun rhag gwenu ar ôl sipian y swigod. Ma mor braf cael Robyn yma eto. A ma symudiad Robyn yn gneud i fi fownsio fy sgwydda.

"Ai bouncy Ani dwi'n weld yn fan'na?"

"Ella!" A ma Robyn yn rhoi ei wydryn i lawr ac yn estyn ei freichia tuag ata i. Dwi'n rowlio fy llygada ond dwi'n ildio i'r awydd i fownsio.

Ma chwerthiniad Robyn yn gneud i'r holl stafall oleuo. Yn llachar. Yn lliwgar. A 'dan ni'n dawnsio i guriada aflonydd Bowie. Robyn yn chwifio'i siôl yn grefftus. Wedyn mae o'n smalio chwara'r sacsoffôn.

"Be ydy hwnna i fod?" A dwi'n chwerthin go iawn. O grombil fy stumog. A ma'n brifo. Brifo braf.

Wrth i'r gân ddistewi at y diwadd 'dan ni'n dau'n colapsio ar y gwely. Ma Bili ar y sil ffenest yn sbio arnan ni, yn hollol unimpressed.

"Reit. Consultation, madame?" medda Robyn mewn acen Ffrengig ar ôl cael ei wynt yn ôl.

"Shall we?" Dwi'n camu tuag at y cwpwrdd lle ma'r

pentyrra o sgarffia.

"Waw. Wrth gwrs bo' nhw'n colour-coordinated. Ma gynna i siôl lilac debyg iawn i honna. Www neu'r un wyrdd minty 'na'n fan'na! Ma honna'n gorjys!" Ma Robyn yn gafael yn y defnydd llithrig, a'i lygada'n sgleinio. "Ti'n gwbod be fysa'n mynd yn dda efo'r gwyrdd 'ma?"

"Be?"

"Eyeshadow oren. Lle ma'r palet newydd 'ma?"

"Dydy o'm byd sbesial, sori."

"Paid poeni. I'll work my magic."

Ma Robyn yn troi fy llygada i'n ddau fachlud oren, cynnas efo twtsh o aur yn y corneli. Tra dwi'n sipian gweddill y lemonêd ma Robyn yn defnyddio'r holl balet i greu enfys lachar dros ei lygada fo.

"Selfie?"

"Dwn i'm," medda fi. Dwi'm yn licio tynnu llunia. Wel na, ma hynna'n gelwydd. Dwi'n licio tynnu llunia, jyst ddim ohona fi fy hun.

"O go on! Jyst i ni gael dangos i'r lleill pa mor lwcus 'dyn nhw o gael bod yn ffrindia efo icons fatha ni!"

"OK 'ta! Ond paid â roi o i fyny yn nunlla arall, iawn!"

Cyn estyn am ei ffôn ma Robyn yn sbio'n ôl yn y cwpwrdd.

"Be ydy honna?" A ma'n pwyntio at un o sgarffia

Ammi. Un sidan, lliw marŵn cyfoethog. Dwi'n codi i estyn amdani.

"Un Ammi oedd hi. Ma'n lyfli, dydy?"

"O sori, Aniq. 'Nesh i'm meddwl."

"Am be, siŵr?" A dwi'n rhoi'r sgarff am sgwydda Robyn.

"O waw. 'Swn i'n gallu byw yn hon." Ma Robyn yn symud ei ddwylo yn ofalus dros y defnydd esmwyth. Ma'n estyn am ei ffôn a 'dan ni'n dau yn chwilio am y gola gora. Repertoire o stumia gwirion a wyneba siriys. Ma'n gyrru amball un i Snapchat y Pump.

☹ Y Pump ☺

BRYAN_TAMI

| OMG chin edrych yn stunnin!

TIMMORG

| Ti'n gwisgo makeup @_robxn ?

_ROBXN

| Yndw. Ti licio fo?

TIMMORG

| Neis iawn. Ond ma Aniq yn edrych yn neisach.

BRYAN_TAMI

| OMG Tim #facepalm

Dwi'n clywad sŵn tacsi Tariq tu allan. Dwi'n sbio drwy'r ffenest jyst i fod yn siŵr.

Shit.

"Sa broblam?" A dwi bron yn clywad meddwl Robyn yn dechra gneud cartwheels.

Clep i'r drws ffrynt. Cama trwm i fyny'r grisia. Ma Tariq yn agor drws fy llofft heb gnocio. Sioc.

"Helô, Tariq. Ers talwm," medda Robyn braidd yn nyrfys. "Ddrwg gen i glywad…"

"Sa well i chdi fynd." Here we go.

Ma Robyn yn dechra tynnu'r sgarff sydd wedi ei gosod mor hardd am ei sgwydda. "Wela i di'n rysgol fory, iawn?"

Cyn i fi stopio Robyn ma Tariq yn chwyrnu, "Pwy ffwc ti'n feddwl w't ti?" Shit. Shit shit shit. "Ty'd â honna i fi. Rŵan."

Ma Robyn yn edrych ar y sgarff yn ei ddwylo.

"Mae'n OK, Tariq. Fi na'th roid hi iddo fo."

Ma Robyn yn gwelwi. A dwi'n pissed off, achos ma'r lle 'ma 'di llwyddo i sugno'r melyn allan ohono fo nes bod o'r un mor llwyd â'r llonyddwch sy'n fy nhagu i ers mis Mai.

"Ty'd â hi yma." Ond cyn i Robyn fedru ei phasio'n ofalus, ma Tariq yn mynd amdani. Ei law fatha crafanc yn neidio allan o lawes ei jaced ledar.

"Tariq! Gwatsia!" Ond wrth iddo fo gipio'r sgarff o ddwylo crynedig Robyn, 'dan ni'n tri yn clywad y rhwyg.

'Dan ni i gyd yn hollol lonydd am eiliad. Cyn i Robyn darfu ar y tawelwch wrth iddo frysio i fachu ei fag a'i siôl.

A dwi isio rhedeg ar ei ôl o. Rhedeg efo fo. I ffwr' o fama. Llenwi fy mag efo llyfra sgetsio a sgarffia Ammi, gafael yn Bili a dianc o 'ma am byth.

Ma Robyn yn cau'r drws ffrynt yn dawel. Shit. Rhy hwyr. Dwi mor conffiwsd achos am eiliad o'n i'n teimlo'n OK yn fama. Hyd yn oed fymryn bach yn fwy nag OK. Ydw i i fod i deimlo'n ddrwg? Am gael hannar awr o hwyl? Ma fel tasa Tariq a'r tŷ yn gwgu arna fi. Fel tasan nhw wedi banio unrhyw liw o'r tŷ. Unrhyw sŵn, unrhyw deimlad bodlon.

Tywyllwch ydy bòs y tŷ 'ma. Ddim adra ydy fama ddim mwy.

"Pam uffar oedd angan bod mor annifyr?" Dwi'n dychryn fy hun wrth weiddi.

Dydy o'm yn ymateb. Ma jyst yn camu at fy ngwely ac yn agor y sgarff, cyn ei gosod fel bod y defnydd yn gorchuddio'r cwilt. Ma'n dechra ei phlygu yn araf. Yn ofalus. Yn anwybyddu'r ffaith fod y cwilt yn gwaedu drwy'r rhwyg yn ei chanol.

"Ti'n ei cholli hi hefyd, dwyt?" A dwi'n mentro camu tuag ato fo. Ac am yr eiliad fyrraf yn y byd, dwi'n gweld wyneb Tariq yn llacio. Yn meddalu, fel tasa fo ar fin dechra crio. A tro 'ma, dwi *isio* crio. Dwi isio crio efo fo. A dwi isio i ni helpu'n gilydd i stopio. Ond cyn i fi fedru gafael amdano fo, 'dan ni'n clywad llawr y landing yn gwichian.

"Abba?" Ma Tariq yn troi i sbio drwy'r drws.

'Dan ni'n dau yn hollol stond.

"Dwi'n mynd i'r gwaith," medda Abba. Yn hollol casual. Fel tasa fo heb fethu 'run shifft ers i Ammi fynd.

6

MAE'N WIRION O boeth i feddwl ei bod hi'n fis Ebrill. Ma'r Pump yn ista allan dan goedan ar y cae ysgol. Ma'r canghenna'n pendwmpian yn y gwres. Dwi'n dychmygu Daadi'n dwrdio na ddylwn i fod allan yn yr haul mor hir. Ond ar rai diwrnoda o Ramadan dwi'n teimlo'n fwy egnïol na pan dwi'n byta fel arfer. Ma'n egni gwahanol. Egni sy mond yn byrlymu pan dwi'n ymprydio.

Ma heddiw yn un o'r diwrnoda rheini.

Dwi'n trio aros yng nghysgod gwan y goeden, ond dwi'n mwynhau'r olygfa 'ma ormod i adael. Tim ar ei gefn yn y gwair yn chwilio am siapia prin yn y cymyla. Tami yn sipian o'i photal ddŵr fel tasa fo'n goctel drud ag ymbarél binc ynddo fo. Robyn yn trio gneud daisy chain o'r bloda bach sy'n gwywo yn y gwres. A Cat fel model yn amsugno'r pelydrau yn ei sbectol haul, ei phen yn pwyso ar lin Robyn.

Ar ddiwrnod fel hyn ma 'na haena ecstra o liw a sglein wedi'u taenu dros bob dim. Fel tasa Allah wedi troi'r saturation reit i fyny ar ffilter Instagram y byd.

Dwi'n bod yn hollol predictable ac yn agor fy ffolder Celf.

"Ella bod y sbecs 'ma'n deceiving, Ani, ond dwi'n gweld yn iawn be ti'n neud," medda Cat gan wthio ei sbectol i flaen ei thrwyn, ei llygada siwgwr brown hi'n sbio arna i'n ddireidus.

"Come on, Cat! Sut fedra i beidio? Dach chi'n edrych fel album cover, for god's sake."

"Plis sgetsia ni!" medda Tami. "Gei di weld, Cat, byddi di'n appreciato nhw unweth ni 'di gadael y lle 'ma."

"Sai isie meddwl am hynna," medda Tim wrth yr awyr. Na fi.

Ma Cat yn ochneidio. "Olreit 'ta. Mond os ti'n rhoi'r gwallt gora i fi."

"How could I not, Cat?!"

A dwi'n gweld fflach o'r enfys yn ei gwên cyn iddi osod ei sbectol yn ôl ar ei thrwyn a rhoi ei phen yn ôl ar lin Robyn. Maen nhw'n edrych fel tasan nhw fod ar billboard glossy yn New York.

Dwi'n cychwyn efo Tim. Llinella hir ei gorff. Un benglin i fyny. Hosan *Power Rangers* las yn sbecian uwchben ei esgid ysgol.

"Dwi'n cael symud, Aniq?" Ma Tim yn synhwyro mod i'n sbio.

"Os oes raid." Dwi'n tynnu coes.

"Paid gwrando arni, Tim. Ma hi jyst yn ca'l artist moment," medda Tami ar ôl cymryd slyrp swnllyd o'i choctel dychmygol. "Dawnsia os ti moyn!"

"Sai isie danso. Dwi isie symud."

"Cei, gei di symud, siŵr!"

Dwi'n disgwyl iddo fo godi i ista, neu sefyll, neu stretsio. Ond ma Tim jyst yn rhoi ei ben-glin dde i lawr a rhoi'r un chwith i fyny. Classic Tim.

"Dwn i'm sut ti'n mynd i ddewis pa lunia i arddangos," medda Robyn wrth suddo un o'i winadd piws drwy goesyn blodyn arall. "Faint sgen ti erbyn hyn?" Ma'n tynnu'r coesyn drwy'r twll.

"Dwi 'di colli cownt, i fod yn hollol onast."

Dwi'n dechra sgetsio dwylo Robyn. Ma'n her dda trio amlinellu'r gadwyn o lygaid y dydd sy wedi'i lapio rownd ei arddwrn.

"O'n i'n meddwl fysa chdi 'di slofi mis yma 'fyd, tra ti'm yn byta yn ystod y dydd a ballu."

"Os rwbath dwi 'di gneud mwy ers i Ramadan ddechra."

"Oreit, show off! 'Dan ni ddim i gyd yn superwomans!" medda Cat. Na'th hi ddim symud ei sbectol tro 'ma. Felly dwi'm yn siŵr os oedd hi'n tynnu coes neu beidio.

Ma Robyn yn rhoi winc sy'n fwy fel blinc i fi. Ond blinc

dyner yn deud 'dwi'n dallt'. A weithia ma'n llorio fi pa mor understanding ydy Robyn, yn enwedig ar ôl shitshow Tariq chydig wythnosa yn ôl. Pan welish i Robyn yn rysgol y bora wedyn, ei siôl werdd minty fel clogyn superhero tu ôl iddo fo, o'n i ar fin dechra ymddiheuro ond na'th o jyst codi'i law a deud:

"Paid ti â meiddio, Aniq Masood."

"Ond..."

"Case closed." Na'th o slotio'i fraich yn berffaith drwy fy mraich i. "Ty'd, 'dan ni'n edrych yn sickening."

Ac er bod cerdded i fewn i'r ysgol fraich ym mraich wedi dod â'r teimlad 'na'n ôl o fy niwrnod cynta yn yr hijab; er bod y coridora yn teimlo fel catwalk jyst i fi a Robyn, oedd 'na rwbath yn fy stumog i'n gneud i fi deimlo bo' fi 'di colli rwbath. A dwi'n dal i deimlo fo rŵan. Achos dydy Robyn ddim 'di bod ar gyfyl tŷ ni ers y consultation. A rŵan ma'r tŷ mor llwyd ag erioed. Ma basically'n minus-melyn.

Ond dwi'm isio meddwl am adra rŵan. Ac eniwe, ella na fama ydy adra. Oes raid i adra fod yn dŷ o walia a ffenestri? Be am lle bynnag dwi'n teimlo ar fy ngora? Geith fama fod yn adra?

Fama. Lle ma bob dim yn gneud sens. Ma bob dim yn gneud sens.

Dwi'n trio perffeithio'r plygiada yn siôl Robyn, ond ma 'na un llinell jyst yn sbwylio'r holl beth. Dwi'n troi'r bensal i rwbio a dechra eto. Rhwbio a dechra eto. Rhwbio a dechra eto.

"Stryglo, Ani?" Llais Robyn yn tarfu ar y patrwm. A dwi'n sylweddoli bod fy nhafod i'n sticio allan a bod y pedwar arall yn syllu arna i. Wps.

"O god! Bob tro!"

"Mae e'n digwydd i rai pobl pan ma nhw'n canolbwyntio," medda Tim.

"Fel'na ma hi bob gwers Gelf. Dwi'n cael pum munud o laff efo hi a wedyn off â hi. Munud nesa, ma'r dafod 'na allan!"

"Oi! Ti'n cael mwy na pum munud, chwara teg, Rob!"

"OK 'ta. Chwech."

Ma Cat yn chwerthin ar lin Robyn.

"Dwi'n meddwl bod e'n ciwt."

"Diolch, Tami! That's the look I'm going for!" medda fi efo fy nwy law dan fy ngên wrth fflytro fy llygada.

"'Nôl â chdi i'r zone 'ta!" medda Robyn wrth roi'r gadwyn flodeuog yn ofalus ar ei ben.

Er bod Robyn yn tynnu coes, dwi'n meddwl bod o'n dallt. Ma'n swnio'n od, ond dwi'n teimlo'n agos at Ammi pan dwi'n sgetsio. Ma Robyn wedi ngweld i'n trio dod â hi'n ôl mewn mil o linella, smudges a siapia. Yn treulio oria ar y darn lleia o'i hwyneb. Ddim isio methu'r un crych yng nghorneli ei llygada. Yr un blewyn tywyll yn ei hamranna. Yr un troad pitw yn ei gwefusa.

Achos dwi'm isio anghofio amdani. Y petha da na'r petha drwg. Dwi'm isio anghofio amlinelliad ei man geni siâp calon. Y galon fach chydig browniach na brown ei chroen oedd yn gorwedd yn fregus ar asgwrn ei boch chwith. Roedd 'na fydysawd cyfan yn y man geni hwnnw. A dwi isio bod yn y bydysawd 'na.

Ond tu hwnt i fy llyfr sgetsio, ma'n dechra teimlo'n amhosib. Ers i Abba gychwyn 'nôl yn y gwaith, ma'r darna bach o Ammi oedd yn arfer addurno'r tŷ yn diflannu fesul tipyn.

"Ani? Ti'n OK?" Llais Tami'n swnio'n bell i ffwrdd. "Ma amser cinio drosto. Ti'n meindo helpu fi symud?"

Shit. Dwi'n ôl ar y cae ysgol. A ma'r haul a'r lliwia a'r gwres yn brifo rŵan.

"Ani? Dere! Ma'r lleill 'di mynd!"

"Shit, sori Tami. O'n i'n bell i ffwr'!"

"Paid becs! Dwi'n excited i weld y sgetsh 'na!" Dwi'n cael cip ar y llyfr. A dwi'n gweld wyneb Ammi yn syllu'n ôl arna i. A'r sgetsh o Tim, Tami, Robyn a Cat ar ei hannar drws nesa iddi. Shit.

"Dydy o'm cweit 'di gorffan eto!" Dwi'n cau'r llyfr yn sydyn, ei stwffio yn y ffolder, a chodi i wthio Tami at y lleill.

Tro Robyn ydy bod yn y zone pnawn 'ma. Mae o ar ei felynaf mewn gwersi Cymraeg. Deud y gwir, ma bron yn aur. Dwi'n trio canolbwyntio ar ateb Robyn i gwestiwn Miss Jones, ar arddull Waldo Williams. Ond ma adra fatha seiren yn fy ymennydd.

Ma petha *wedi* newid ers i Abba gychwyn gweithio eto. Mae o'n ôl i rwtîn. Yn codi cyn i fi ddeffro weithia. Ma hyd yn oed yn agor holl gyrtans y tŷ. Ma'n mynd i'r mosg yn rheolaidd. Sgwrsio am hanes hwn a'r llall rhwng cliwiau ei groesair yn y bore. Cyn i Ramadan ddechra, roedd o hyd yn oed yn mynd am ginio i'r caffi ar gornel y stryd fawr dros ei awr ginio. Fel oedd o'n arfer gneud cynt. Ma hyd yn oed y doctor 'di deud y ceith o ddod oddi ar y tabledi yn slo bach.

Ond dydy o heb fod at y môr eto.

Ma rota'r gymuned wedi dod i ben yn llwyr. Ac yn lle hynny dwi'n cael playlist o:

"Clywad bod Hamza yn well, Aniq!"

"Dy dad yn edrych yn dda!"

"Masha Allah, Aniq! Allah Hafiz!"

A ma 'na ran ohona i isio credu fod petha'n well, nid jyst yn wahanol. Ond ma 'na rwbath sy ddim cweit yn iawn. Achos dydy o dal ddim yn sbio arna fi'n iawn. Dwn i'm sut i egluro'r peth. Ond dwi'n teimlo fel tasa fo'n sbio jyst fymryn uwchben fy llygada i. A pan mae o *yn* sbio, ma'n teimlo fel camgymeriad. Fel y teimlad 'na o dynnu ar fraich Ammi yn Tesco pan o'n i'n fach cyn sylweddoli nad fy mam i oedd hi o gwbwl, ond rhywun hollol ddiarth. A ti'n teimlo dy stumog di'n syrthio reit i lawr i dy draed.

A'r peth mwya ydy, does 'na ddim sôn o gwbwl am Ammi. Dwi'n teimlo fel tasa pawb wedi penderfynu ei bod hi'n haws anghofio amdani. Ma'n teimlo fel tasa pawb ond fi wedi cael gwahoddiad i gyfarfod ffurfiol lle ddaru'r gymuned i gyd gytuno mai anghofio fyddai ora.

Gwyliau Pasg na'th frifo fwya.

Oedd Robyn, Tami a fi yn dre yn siopa. Dwi'n deud siopa: agosach at browsio. Oeddan ni'n cerdded i lawr y stryd fawr pan na'th Robyn jyst stopio.

"Be sy?" medda Tami. 'Nesh i ddilyn llwybr llygada Robyn.

"Sori, Aniq." A do'n i'm yn dallt Robyn. Nes i fi'u gweld nhw. Sgidia Ammi – oedd rywsut wedi hwylio o garped tŷ ni i ffenest ffrynt siop Oxfam. Yn goch. Yn wag.

Yn disgwyl am rywun arall i fynd â nhw am dro.

"Ma'n OK," medda fi, yn trio swnio'n normal. "Ma'n beth da, am wn i. Ma'n trio symud ymlaen."

Ond oedd fy llygada i'n dechra llosgi. Achos ddim symud ymlaen ma Abba ond smalio bod Ammi erioed 'di byw. Er ei fod o'n ôl yn y tacsi, er ei fod o'n byta, er nad ydy o wedi aros yn ei wely drwy'r dydd ers diwrnod Dolig, er hyn i gyd, dydy o dal ddim cweit *yma*. Ma fel tasa'r Abba go iawn ar goll. Achos dydy o dal ddim yn siarad yn iawn. Dal ddim yn sbio arna i'n iawn. Yr unig eiria sy ganddo fo ar ôl ydy'r rhai sydd yn ei groesair dyddiol. A dydy'r rheini efo'i gilydd ddim yn gneud sens. Dydy o jyst ddim yn gneud sens. Ddim yn gneud sens. A mi oedd y llosgi yn fy llygada i'n gwaethygu. Ond no wê o'n i am ddechra crio o flaen Tami a Robyn a'r twrists Pasg.

"Shecws?" medda Tami.

"Awê," medda Robyn. Diolch byth.

𝍸

"Aniq?" Shit. "Sgen ti gyfraniad i'r dosbarth 'ta ydy'r ffenest yn ddifyrrach?" Llais sarcastig Miss Jones. Ac ugain pâr o lygada arna i. Yn disgwyl am ateb.

Ma Robyn yn gwthio darn o bapur ata i. Ma'n rhoi nòd

a dwi'n ei ddarllan o'n uchel.

"Dychmygu Preseli drwy'r ffenest o'n i, Miss." Dwi'n dal fy ngwynt a ma Robyn yn rhoi winc-fwy-fel-blinc slei i fi.

"Hm, difyr iawn," medda Miss, chydig bach yn amheus. "Ma Aniq wedi gwibio heibio i'r bennill olaf, dwi'n gweld. Beth am i ni i gyd ddal i fyny efo Aniq, ia, Blwyddyn 11?"

Blydi hel. Diolch byth am Robyn.

Ma'r gloch yn canu. Wrth i Robyn bacio'i fag ma'n gofyn: "Lle ma'r meddwl 'na heddiw, Ms Masood?"

"Dwi'n meddwl na gwres amser cinio sy'n dal fyny efo fi, sti!"

"O god ia, 'nesh i'm meddwl! Siŵr bo' gin ti uffar o syched!"

"Ma'n OK. Fydd o'n neud heno'n fwy sbesial os rwbath!" Ma'r Pump yn dod draw i dŷ Daadi i dorri'r ympryd heno. Ma Daadi wedi bod fel wiwer gyffrous drwy'r wythnos yn paratoi. Dwi'n methu aros.

Dwi'n rhoi'r backpack ar fy nghefn.

"Ti'n siŵr bod o'n iawn i fi ddod, wyt?"

"Wrth gwrs bo' fi! Dwi 'di deud wrth Tariq am beidio dod ar gyfyl tŷ Daadi. A neith o'm messio efo hi, so ti'm angan poeni."

"Mond os ti'n siŵr!"

"Hollol siŵr. Fysa fo'm yr un peth hebdda chdi eniwe!"

"Ti'n fflyrtio efo fi?"

"Obvs!"

7

DWI'N CERDDED I gyfeiriad y labordy efo Robyn, Tim a Cat. Fydd Tami yno'n barod ar ôl bod yn ei gwers Ffrangeg. 'Dan ni i gyd yn yr un dosbarth Cemeg, felly ma'n ffordd braf o orffen bob dydd Gwener. Er bod yr athro yn mega moody.

Dwi'n cofio'n sydyn mod i angen gneud fy ngweddi bnawn cyn y wers. Ond cyn i fi sôn wrth y lleill a throi i gyfeiriad y stafall weddi, dwi'n clywad twrw Garin a'i gang. Dwi'n trio anwybyddu ond dwi'n methu. Ma'n olygfa shocking. Hyd yn oed i'r BeiblLads. 'Dan ni'n sbio ar ein gilydd ac yn camu'n nes, er mwyn cael gwell golwg, ond heb fynd yn rhy agos.

Yn y canol, dwi'n gweld Mo, wedi ei amgylchynu gan Garin, Rhydian, Dan a Liam. Ychydig gamau i ffwrdd yn sgrolio ar ei ffôn ma Llŷr. Mae o'n trio'i ora i edrych fel tasa fo wedi ymgolli'n llwyr yn sgrin ei ffôn, er yr olygfa erchyll sy'n datblygu reit wrth ei ymyl.

Dwi wir yn methu credu be dwi'n weld.

Maen nhw'n herian Mo efo pacedi o grisps a baria o siocled. Yn stwffio brechdana bacon drewllyd o'r cantîn yn ei wyneb. Yn eu sglaffio mor agos ato fo nes bod 'na fwyd yn bwrw glaw dros ei fochau. Briwsion a phoer yn fflio i bob man.

Dwi'n teimlo rwbath yn ffrwtian tu fewn i fi. A ma fel tasa'r olygfa yn mynd yn slow motion, nes bod chwyrnu a chwerthin y BeiblLads, a thawelwch cachlyd Llŷr, yn fyddarol.

Dwi'n gweld Liam yn ysgwyd can o Fanta yn wyllt. Ma'r ffrwtian yn troi'n ferwi tu fewn i fi.

Munud nesa ma'n clicio'r can yn gorad. A ma fel tasa'r byd yn rhewi am eiliad cyn…

Woosh.

Ma'r can yn ffrwydro fel yr hot springs yng Ngwlad yr Iâ 'dan ni'n stydio yn Daearyddiaeth. Hot spring oren, llawn swigod stici. Ma'r holl beth yn chwistrellu dros wyneb a gwisg ysgol Mo. A dwi 'di cael digon. Dwi 'di cael ffycin llond bol. A dwi'n methu stopio fy hun. Shit. Dwi'n methu stopio.

"Be FFWC dach chi'n neud?!" Ma'r coridor yn tawelu. Ma Garin yn troi i sbio arna fi. A dwi'n cael atgof cyfoglyd o wynt ei frecwast o'n crafu fy moch.

"A be ydy o i chdi?"

"Ma'n iawn, Aniq. Gad o!" medda Mo. Yn trio gwenu. Yn trio'i ora i ysgafnhau'r sefyllfa. "Jyst chwara o gwmpas ma nhw!"

Ond dwi'n hollol fed up.

"Na. Dydy o ddim yn iawn, Mo!" A dwi'n teimlo llygada Cat yn sbio arna fi. Yn falch ohona fi. "Be uffar sy'n gneud i chi feddwl bod hyn yn iawn?"

"Ma'r boi isio bwyd, dydy?!" Ma Garin yn troi at Rhydian, Dan a Liam. Y tri yn chwyrnu chwerthin. Ma Llŷr yn codi ei ben am eiliad gan ddal llygada Robyn, cyn mynd yn ôl at sgrin ei ffôn. Od. Ma Garin yn agor Mars bar, ac yn ei sticio fo reit o dan drwyn Mo. Dwi'n sodro fy ffolder Celf yn nwylo Tim, a dwi'n camu at Garin cyn rhwygo'r Mars bar o'i fysadd.

"Jyst gad iddo fo!"

A dydy Mo ddim yn ymateb tro 'ma. A dwi'n gallu gweld bo' Garin ddim yn licio hynna. Ddim yn licio o gwbwl.

"Go on, Ani!" Ma Cat yn fy annog i.

"Ia, go on babes!" medda Robyn.

"Pwy uffar ti'n feddwl w't ti? Y cwiar." Ma Garin yn sgwario am Robyn. Ond dwi'n sefyll o'i flaen o. A ma'n teimlo fel tasa Garin yn mynd yn dalach ac yn dalach mewn eiliada. Ond dwi'm yn tynnu fy llygada oddi ar ei rai o.

"Symud, Garin."

"Pam ffwc ddyla fi?"

Erbyn hyn ma 'na gylch o ddisgyblion o'n cwmpas ni.

"Ti yn dallt na *chdi* ydy'r broblem, dwyt?" O god, lle dwi'n mynd efo hyn?! "Ma dy fyd di'n fach, Garin. Ma'n tiny." Ma gwg Garin yn mynd yn ddyfnach ac yn ddyfnach. Ond dwi'm yn stopio. Shit. Ma'n teimlo'n dda! "Ti'n amlwg methu côpio efo unrhyw un sy jyst chydig bach yn wahanol i chdi. Achos ti'n gweld hynny fel bygythiad, dwyt?" A dwi'n dal i fynd. "Dwi'n teimlo bechod drosta chdi."

"Chdi?! Yn teimlo bechod drosta *fi*?" Ma'n troi at y lleill, efo'i wên llawn dannedd. "Dach chi'n clywad hyn, lads?"

A'r tro 'ma, does 'na'r un ohonyn nhw'n ymateb. Maen nhw jyst yn sefyll yna'n hollol lonydd. Dwylo Rhydian a Liam yn llawn sothach. A llygada Llŷr yn brwsio wyneb Robyn eto.

"Wel..." Ma'n troi'n ôl ata i. Dwi'n gwasgu'r Mars bar sy'n fy llaw, a dwi bron yn ei glywad o'n meddwl am y gair cyn iddo fo'i boeri fo tuag ata i. "... o leia dwi'm yn Paki."

Cyn i fi fedru deud dim byd, ma Mo yn gafael amdano fo ac yn plannu'r beltan galeta dwi erioed 'di'i gweld yng nghanol wyneb Garin. Ma bron fel tasa'i drwyn wedi suddo i fewn i'w wyneb. A ma'r cylch o'n cwmpas ni'n bloeddio. Fel tasan nhw'n dathlu diwrnod ola arholiada.

"Be ffwc?!" Ma Garin yn griddfan. Yn trio stopio'r gwaed rhag pistyllio i bob man, yn union fel y can Fanta. A dwi'n teimlo chydig bach yn euog am joio gweld wyneb Garin fatha paentiad Picasso. Ond dwi'n methu stopio fy hun rhag gwenu.

Ma Mr Roberts yn torri drwy'r cylch aflonydd.

"REIT BAWB! SIOE DROSODD!" medda Mr Roberts yn ei lais prifathro. "Ffwrdd â chi i'ch gwersi! Reit sydyn!"

Ma'r cylch yn datgymalu, a drysa'r dosbarthiada yn cau fesul un.

"Chdi a chdi i fy swyddfa i *rŵan!*." Mae o'n pwyntio at Garin a Mo. "A' i i nôl y nyrs."

Ma Robyn a fi'n sbio ar ein gilydd.

"Ac Aniq…?"

"Ia, syr?"

"Dos i olchi dy ddwylo, ia?" Dwi'n sbio i lawr a ma'r Mars bar 'di toddi yn fy nwrn.

8

"ALLAHU AKBAR."

Ma distawrwydd y stafall weddi yn teimlo'n bell i ffwrdd o storm y coridor.

"Subhanak-Allahumma wa bihamdika, wa tabaarak-asmuka, wa ta'ala jadduka, wa la ilaaha illa ghayruk."

Ma mynd mewn i'r ihram yn slofi bob dim.

"Auudhu bi-Llahi min ash-Shaitaanir rajeem bismi-Llahir Rahmaani Raheem."

Ma'r berwi tu fewn i fi yn cilio efo pob rakat. Yn dod â fi'n ôl at ryw fath o heddwch. Ac erbyn diwedd yr Asar Namaz, ma'r gair ddaeth o geg Garin wedi stopio adleisio yn fy mhen.

Dwi'n ista i lawr i roi fy nwylo at ei gilydd. Fel nyth. A dwi'n teimlo'n llonydd wrth neud y Dua, fy ngweddi bersonol ar ôl mynd drwy rwtîn y rakats.

A heddiw, dwi'n gweddïo am ddiwadd i ignorance pobol fatha Garin. Ella bod 'na ddim pwynt trio. Ond dwi angen nerth o rywla. Achos waw, dwi 'di blino. Dwi jyst 'di cael digon. Dwi jyst isio bod. So plis, Allah, helpa bobol i ddallt ei gilydd yn well. A rho'r egni i fi godi uwchlaw'r geiria sy'n brifo. Achos sori, Allah, ond dwi wir wedi blino.

Wrth roi fy sgidia'n ôl am fy nhraed dwi'n clywad cnoc ysgafn ar y drws. Dwi bron yn siŵr mod i wedi gosod yr arwydd 'Dim mynediad' ar y drws. Ond o'n i'n berwi gymaint pan ddois i i fewn, ella mod i wedi anghofio.

"Helô?"

"Aniq?" Llais Mo o'r ochr arall i'r drws. Dwi'n trio dal gafael ar yr heddwch dwi newydd ei ffeindio yn y Dua.

"Ty'd i fewn." Ma'r drws yn agor a dwi'n gweld dwrn blêr Mo ar handlan y drws. "Ydy o'n brifo?"

"Ddim rili."

"As if." Dwi'n trio gwenu.

Mae o'n cerdded ata i cyn ista ar y sêt wrth fy ymyl. Ma ogla'r Fanta'n felys ar ei siwmper. Dwi'n disgwyl teimlo'n awkward. Ond dydw i ddim. Dwi'n cael ton sydyn o rwbath sy'n debycach i adenydd, nid pinna. Dwn i'm o lle. Jyst Mo ydy o. Dwi'n nabod o ers oedd o basically yn embryo.

"Be ddudodd Mr Roberts 'ta?" Dwi'n trio cael gwarad o'r tawelwch rhyfadd 'ma sy rhyngddan ni.

"Dwi'n suspended. Am wsnos," medda Mo cyn sbio reit i fewn i fy llygada i. A ma'n weird ond ma'n teimlo fel mod i erioed 'di sbio ar ei wyneb o'n iawn. Fatha pan ti'n sgwennu traethawd Hanes a ti 'di mynd drosto fo gymaint ti'n methu gweld y camgymeriada ddim mwy, a ti angen llygada ffresh i ddarllan drosto fo. I weld y camsillafu a'r typos.

Ddim mod i'n deud bo' Mo yn edrych fatha typo.

Na. Ma jyst...yn fy mhen i ma'n dal i edrych fel y little shit na'th dynnu llun pw mewn ffelt tip pinc llachar ar wal stafall yn y mosg. A deud na fi na'th. Gesh i fis o'r plant erill yn galw fi'n Aniq-Pw-Pinc. Gesh i row anfarth gan Ammi. Na'th hi wrthod gadael i fi dynnu llun am ddiwrnoda.

Ond ddim y Mo yna dwi'n gweld rŵan. A ma'n gneud i fi deimlo'n rhyfadd. Dwi'm yn siŵr os dwi'n licio'r teimlad neu beidio.

"Ti'n siriys? 'Nest ti egluro be ddigwyddodd, do?"

"Do, ond sa ddim byd yn justifyio violence ddudodd Mr Roberts." Ma Mo yn stydio ei ddwrn. "Dwn i'm be ddoth drosta fi, Aniq. Dwi rioed 'di hitio neb o'r blaen."

"Be, ddim hyd yn oed Karim?" Dwi'n trio tynnu coes. Dwi'm yn licio'i weld o mor ddigalon. Dwi'n cael mymryn o wên.

"Dydy play fightio efo brawd chdi ddim cweit 'run peth â pynsho rhywun yn ei wyneb, nadi?"

"Na, ella bo' chdi'n iawn."

"Dwi'n mynd i ga'l uffar o row adra."

"Hyd yn oed os ti'n deud be ddudodd Garin?"

"Yep. Fyddan nhw'n deud yn union be ddudodd Mr Roberts. Fydda i probs yn goro byta iftar yn stafall fi." Mae'n ochneidio'n ddyfn. "Eniwe, sa well i fi fynd. Ma Mr Roberts yn meddwl bo' fi off school property yn barod." Ma'n codi i fynd. "O'n i jyst 'di dod draw i ddeud… i ddeud diolch, basically… am gynna…"

Dwi'n trio stopio fy hun ond ma'n rhy hwyr: "Ty'd draw i dŷ Daadi heno os ti isio." Ma'i wyneb o'n goleuo. "Ma 'na griw yn dod draw am fwyd." Ai dyma'r syniad gwaetha dwi erioed wedi'i gael?

"Go iawn?"

Dwi'n trio actio'n chilled. "Ia, pam ddim. Well na ista'n stafall ben dy hun, bysa?"

"Nice one, Ani! 'Na i drio bachu rei o samosas Mam i ddod efo fi."

"Ymmm, gei di ddim dod drwy'r drws heb y samosas 'na yn dy law, dŵd." O god, shit, god. Dwi newydd alw fo'n dŵd. Jyst, let it slide.

"OK… dŵd." O shit, na'th o sylwi. Ma'n gwenu. A dwi'n gweld fflach o'i wyneb little shit cyn iddo fo gau'r drws a diflannu.

卌

Ar ôl ista drwy be oedd ar ôl o'r wers Gemeg, ma Robyn yn rhoi re-enactement dros ben llestri braidd i Tami o be ddigwyddodd.

"Well bo' trwyn y twat yn gam am byth bythoedd amen!" medda Cat. Ond 'dan ni i gyd yn sylwi ar Tami'n gwelwi. "Shit, sori Tami." God. Ma'r parti 'na'n teimlo mor bell yn ôl erbyn hyn.

"Paid bod yn sili!" Awkward. "Dwi'n gwbo bo' Garin yn knob, ond shit, o'n i ddim yn meddwl bydde fe'n mynd mor bell â 'na!"

"Doedd o'm yn licio bo' fi 'di herio fo, dwi'm yn meddwl," medda fi, yn trio symud y sgwrs ymlaen. 'Dan ni'n pasio'r crime scene ac yn gweld gwaed Garin wedi dotio pren y llawr. "Ac eniwe, ma'i insults o fel arfer yn reit greadigol. Ond oedd hwn mor unoriginal. Bach yn sad, rili!"

"Ma'n colli'i touch, ma raid!" medda Robyn. "I mean, na'th o alw fi'n cwiar. Seriously, hun, ma hynna'n compliment dyddia yma. Croeso i'r 2020s, cariad."

"Dyle fe wylio *Queer Eye*," medda Tim yn siriys.

"Gen i syniad gwell, Tim. Dylen ni nominatio fe i *Queer Eye*!" medda Tami. Chwara teg iddi.

"Ia! Gân nhw dalu iddo fo gael trwyn newydd! Lol!"

"Miaw, Robyn!"

"'Nest ti weld golwg oedd arna fo?"

Wrth i Robyn ddeud hyn 'dan ni'n cerdded heibio'r stafall aros i swyddfa Mr Roberts. Ma'r drws ar agor, a ma Garin i fewn yna, yn ista efo'r nyrs sy'n stwffio tishws i fyny'i ffroena fo.

"Sh!" medda Tami wrth i ni basio.

Ma Garin yn troi'n sydyn i sbio, cyn i'r nyrs sodro'i wyneb o'n ôl i'w le.

"OMG, oedd o'n edrych fel bod 'na tampons 'di'u stwffio fyny ei drwyn o!" ma Cat yn sibrwd yn uchel.

9

MA'R MACHLUD YN gwaedu ar y gorwel. Ma'n rhoi gwawr oren i'r ewyn sy'n llithro'n ddiog yn ôl ac ymlaen ar y tywod. Ma'r Pump wedi dod i lawr at y prom am dro cyn mynd am iftar i dŷ Daadi. Dwi'n methu aros i dorri'r ympryd hefo nhw.

Ma Cat yn codi ei ffôn i dynnu llun. Ma'r sgrin yn stryglo i neud i'r machlud edrych mor dda â mae o go iawn. Ma hi'n bodio'r botwm front camera.

"Dowch, bois. Ma'r gola 'ma'n lysh."

Ma gweddillion gloyw'r dydd yn gwrido wyneba fy ffrindia.

"O cym on, Robyn, gawn ni un call, ia?!"

Ac wrth i fi gofleidio'r eiliad hyfryd yng nghwmni fy ffrindia, ma'r môr yn llyncu'r haul. A dim ond silwét sydd ar ôl o wyneba'r pedwar. Fel cysgodion ar sgrin ffôn Cat.

卌

Er bo' pawb 'di deud fwy nag unwaith eu bod nhw'n llawn, ma Daadi'n dal i fynd a dod efo mwy a mwy o fwyd. Ddaeth Daadi â llond plât o ddatys ar ôl i ni gyrradd y tŷ. Oedd o mor entertaining gweld ymateb pawb i'r ffrwyth.

"Ma Mam yn lyfio dates adag Dolig," medda Cat rhwng ei hail a'i thrydydd ffrwyth.

Oedd Robyn yn sglaffio gymaint fysa chdi'n meddwl na fo oedd wedi bod yn ymprydio ers cyn iddi wawrio. Oedd Tim yn fwy amheus. Yn stydio'r ffrwyth sgleiniog, crebachlyd yn fanwl, cyn cnoi'r tamaid lleia.

'Nesh i sylwi wedyn ar wyneb Tami. Fel tasa hi newydd gymryd brathiad anferth o lemon. Y croen rownd ei llygada a'i thrwyn fel papur tishw. Diolch byth, na'th Daadi godi er mwyn i ni'n dwy fynd i weddïo cyn y bwyd mawr. Wrth iddi droi ei chefn sibrydodd Tami, "Ani! Dwi mor sori!" Bechod.

"Rude, Tami!" medda Cat, yn tynnu coes.

"Na. Paid poeni, siŵr!" Dwi'n cymryd y plât oddi arni. "Fydd gen ti fwy o le i bob dim arall, bydd! Fydda i'n ôl mewn pum munud, iawn!" medda fi cyn dilyn Daadi.

Er mod i obviously wedi canolbwyntio ar y weddi efo Daadi, o'n i'n methu peidio hannar gwrando am gnoc ar y drws ffrynt. Ond does 'na ddim sôn am Mo. Dwi'n falch bo' fi heb ddeud wrth y lleill am y gwahoddiad. Achos yndw, dwi chydig bach yn embarrassed.

Dyma Daadi efo mwy o fwyd – biryani cyw iâr, samosas llysieuol, platiad anferth o paani puri a phowlen o chutney coriander a mint gwyrdd yn y canol. A jwg lawn dop o Rooh Afza.

"Daadi..." medda Robyn. Ma hi'n mynnu bo' nhw'n galw hi'n Daadi – sy bach yn weird, ond yn neis yr un pryd, "... ma hwnna'n edrych yn radioactive."

"A-ha! Dwi'n synnu bo' chi heb weld hwn o'r blaen!" medda Daadi yn ddireidus. "Achos hwn ydy hoff ddiod Aniq!"

"Fyddwch chi'n dallt pam dwi'm angan alcohol. Ma'r siwgwr yn hwn yn ddigon!"

Wrth i Daadi dollti'r diod coch llachar i fewn i wydrau dwi'n rhoi playlist ymlaen o fy hoff ganeuon Coke Studio. Tawelwch ma Abba yn licio yn ystod iftar, ond ma Daadi yn mwynhau chydig o fiwsig. Dwi'n ei gweld hi'n symud ei chluniau i rythm Tajdar-e-Haram wrth iddi basio'r gwydrau i'r Pump fesul un.

Ond ar ganol y chwerthin a'r hicyps, ma 'na gnocio ar y drws ffrynt. Cnocio diamynadd, caled.

Cyn i neb agor y drws ma'r datys yn troi yn fy stumog i.

A ma'r teimlad 'na'n ôl. Yr un sy'n digwydd pan dwi'n deffro mewn panig ganol nos. Y teimlad cyfoglyd, afiach fod 'na rwbath ofnadwy'n mynd i ddigwydd.

"Ddudish i wrthat ti am beidio dod yma heno, yn do?" Llais Daadi yn flin wrth y drws.

Shit. Tariq. Ma'n camu i fewn i'r stafall ffrynt. Dwi'n gweld y lliw yn wyneb Robyn yn diflannu. Ond ma Tariq fel tasa fo ar blaned arall.

"Ddoi di yma am funud bach plis, Aniq?" A dwi'n gwbod bod 'na storm yn berwi tu ôl i'r geiria cwrtais.

Mae o'n troi'n ôl am y cyntedd, fel tasa fo'n cerdded yn ei gwsg.

"Fydda i'n ôl mewn munud! Cariwch chi mlaen i fyta!"

Dwi'n cau drws y stafall yn ofalus.

"O'n i'n meddwl bo' chdi ar shifft?"

Mae o'n dechra camu'n ôl a mlaen yn y cyntedd.

"Be ffwc dwi'n mynd i neud, Aniq? Be ffwc dwi'n mynd i neud?"

"Calm down! Be sy?"

"Ma Abba ar goll."

10

Llygada coch.

Dwylo Tariq. Yn dynn, dynn am y llyw.

Ei figyrnau yn gwthio'n wyn drwy groen tenau ei law.

A bwyd Daadi a chwerthin y Pump yn teimlo'n bell, bell i ffwrdd.

Goleuadau'r stryd fel pyls oren drwy'r car. Yn pylsio yr un pryd â thôn desbret y ffôn.

Oren.

Du.

Oren.

Du.

Fi ar flaen fy sedd.

Y gwregys yn pwyso'n finiog i fewn i fy ysgwydd.

Fy llaw fel maneg wlyb am fy ffôn.

Yna'r Stryd Fawr.

Pobol. Yn llenwi'r pafin. A'u llygaid fel parau o bryfaid tân. Yn methu peidio sbio.

O'n i'n trio ngora i sbio ar bob dim yr un pryd. Gneud synnwyr o'r llun o mlaen i. Tra'n mymblo gweddi rhwng yr anadlu oedd yn cyflymu yn gynt...

Yn trio cofio'r weddi 'nesh i ddysgu efo Daadi.

Ac yn gynt...

Annee massaniya...

Ac yn gynt...

addurru waanta...

Acyngynt...

arhamuarrahimeen.

O'n i'n meddwl mod i'n gwbod be ydy gweddïo. Ond doedd gen i ddim syniad.

Gweddi go iawn. Nid gweddi rwtîn. Nid tic yn y bocs.

Gweddi begio.

Gweddi ddesbret.

卌

Ma 'na wythnos wedi bod ers yr iftar efo'r Pump. Ac wythnos ers i Abba gael breakdown. A dwi'n convinced bod Daadi yn trio ngwthio fi dros yr ymyl. Achos ma hi wedi fy ngorfodi i aros adra drwy'r wythnos. Ond o'r diwadd, ma hi'n nos Sul.

Ga i deimlo'n normal yn y bora.

Dwi erioed 'di cael hangover, ond dwi'n dychmygu na fel'ma ma'n teimlo. Dwi'm 'di cysgu'n iawn ers dyddia. Ma'r pendwmpian diddiwadd rhwng atgofion wythnos dwytha yn rhoi cur pen i fi. Cur pen sy'n gneud i fi deimlo'n sâl. Mae o fel tasa 'na hen brojector yn fy ymennydd i. Oedd gan Daadi un ers talwm. Un o'r rhai 'na ti'n gorfod slotio llunia i fewn iddo fo ar sleids. A mae o'n clic clic clicio wrth i chdi fynd o un i'r llall.

Ond yn lle llunia braf o bentref Daadi ym Mhacistan, dwi'n gweld drama'r wythnos ddwytha fel ffilm arswyd. Yn clic clic clicio drwy'r holl olygfa.

Clic. Y Stryd Fawr o'n blaena ni. A rhes hir o geir llonydd ar y ddwy ochr i'r lôn.

Clic. "Ty'd, Aniq!" Wyneb Tariq yn chwys domen.

Clic. Llygada yn dechra troi i sbio. Yn syllu wrth i fi a Tariq gerdded am ganol y Stryd Fawr.

Clic. Tacsi Abba. Yn blocio'r traffig. Yn wag. A drws y gyrrwr yn gorad led y pen.

Pinna bach yn rasio drwy fy mreichiau. A dwi'n teimlo'r tu fewn i fi'n trio dianc. Yn trio peidio bod yma.

Ti'n gwbod be i neud.

Be ti'n glywad? Cyrn ceir yn sgrechian.

Be ti'n ogla? Petrol a llygredd.

Be ti'n deimlo? Llygada. Yn bob man. Yn syllu arnan ni.

Be ti'n weld? Mo. Mo?

Clic. "Aniq?" Oedd o'n rhyfadd gweld ei law, oedd wedi ei phlannu mor ffyrnig yn nhrwyn Garin, yn gafael yn dyner am fy mhenelin. "'Dan ni isio helpu."

"Aniq! Bwyd!" Llais Daadi o lawr grisia. Yn fy nhynnu i o'r atgofion.

Ma'r haul newydd fachlud tu allan. Dwi'n llusgo fy hun oddi ar y gwely ar ôl oria o suddo i fewn i'r fatras. Dwi'n siŵr bod Bili yn judgio fi.

Fel arfer, pan dwi'n teimlo fel hyn, dwi'n troi at fy ffolder Celf. Ond dwi wedi methu gneud wythnos yma. Dwi'n teimlo'n llipa. Yn wan. A bob tro dwi'n sbio ar y ffolder sy'n cuddio dan y ddesg dwi'n cael pwl o'r pinna'n gneud campa drwy fy mreichia. Ma'r gymysgedd gyfoglyd o atgofion wythnos dwytha a'r ffaith mod i wedi cael fy ngorfodi i aros adra wedi sugno'r holl egni ohona i.

Gweddïo ydy'r unig beth sydd wedi rhoi rwtîn i fi. Diolch i Dduw (literally) amdano fo. Dwi 'di cael ambell i bigiad o euogrwydd am fethu sylweddoli tan rŵan faint dwi angen Islam. Achos heb Allah, dwi ddim yn meddwl y byddwn i wedi medru symud o gwbwl wythnos yma. Islam sydd yn fy nghynnal i. Sy'n fy nghadw i rhag boddi.

Dwi'n cyrradd gwaelod y grisia a ma ogla bwyd Daadi yn fy nhynnu i i'r gegin.

"Aniq! Bwyd!" ma hi'n gweiddi eto a'i chefn ata i.

"Dyma fi." Ma fy llais i'n cracio. Dwi'n sylweddoli nad ydw i wedi siarad yn uchel drwy'r dydd.

"Ty'd i ista," medda Daadi, a rhuban o stêm yn chwyrlïo uwchben y platiau o saalan a roti.

Ma'r drws ffrynt yn slamio.

"Helô, trŵps!" Tariq. Yn wirion o fywiog. Mae o wedi bod yn fwy fatha fo'i hun ers wythnos ddwytha. Rhyfadd. Ella. Ond dwi'n meddwl oedd o'n disgwyl i rwbath ddigwydd. Yn disgwyl am ryw fath o climax i'r shit 'ma i gyd.

"Amseru da, Tariq!"

"Wrth gwrs. O'n i'n medru ogla saalan Daadi o ochr arall y dre!" Ma'n tynnu ei jaced ledar a'i rhoi i hongian ar gefn ei gadair. Mae ei wyneb o mor wahanol i wythnos ddwytha. Mor bell i ffwrdd o'r ysbryd chwyslyd oedd yn gwibio drwy strydoedd y dre.

"Barod am ysgol fory?" ma'n holi cyn stwffio darn

anfarth o gyw iâr yn ei geg. Ma Daadi yn torri ar draws cyn i fi fedru ateb.

"Ti'n hollol siŵr dy fod di'n barod, Aniq?" Blydi hel. O'n i'n fwy na pharod dydd Llun dwytha! "Sa ddim brys o gwbwl, wsti."

"Oeddach chi'm yn gwbod, Daadi? Ma Aniq yn swot."

"Twt lol. Sa ddim byd yn bod ar hynny, siŵr!"

Tariq yn tynnu coes. Fel oedd o'n arfer neud ers talwm. Dwi'n rowlio fy llygada o'i wyneb o yn ôl at Daadi.

"Yndw, Daadi. Dwi'n hollol siŵr," medda fi, mor gadarn â dwi'n gallu.

Ma'r grŵp Snapchat yn mynd yn wyllt o fewn eiliadau i fi yrru'r neges.

☹ Y Pump ☺

ANIQMSD
Hei gang! Wela i chi fory!

_ROBXN
O Aniqi!! Dwi MOR falch o glywad!

BRYAN_TAMI
Methu aros i weld ti <3

ANIQMSD
Literally methu aros i weld chi gyd. U have no idea.

_ROBXN

'Y pedwar' ddim rilin gweithio tbo?

_ROBXN

btw da ni methu stopio gwrando ar coke studio. Ella nei di ffeindior syna ma Tim yn neud yn offensive. But we all know he means well.

TIMMORG

Ma'r llythrenne yn anodd.

ANIQMSD

o leia tn trio 😉

Ar ganeuon Coke Studio oeddan ni'n gwrando cyn i bob dim chwalu wythnos ddwytha. Atif Aslam yn canu Tajdar-e-Haram o Coke Studio jyst i ni, a fyswn i 'di gneud rwbath i drio cyfieithu'r geiria. Ond 'nesh i jyst canu yn lle hynny. Siwgwr y Rooh Afza a'r gulab jamuns yn byrlymu drwydda fi.

Ma negeseuon y Pump yn rhoi teimlad cynnas i fi tu fewn. Y teimlad brafia dwi 'di'i gael drwy'r wythnos.

Tan neges Cat.

☹ Y Pump ☺

CAT'X

Da ni angan serious catch up. Dwi angen gwbod BOB DIM. Gobs tn ok bbz xxx

Ma'r neges yn awgrymu cwestiyna. O'n i'n cymryd mai hi fysa'r cynta i holi. Ond o'n i'n meddwl fysa hi o leia'n rhoi chydig bach o amser i fi. Achos dwi wir ddim yn gwbod os fedra i sôn am 'bob dim'. Ddim hyd yn oed wrth y Pump.

Ma 'bob dim' yn llanast yn fy mhen i ar hyn o bryd, fel sgrin sinema wedi chwalu. Dwi angen rhoi popeth yn ôl at ei gilydd cyn dechra meddwl sôn am 'bob dim'.

Ond o leia fydd 'na rythm i fory. Stafall i bob gwers. Slot i bob gweithgaredd.

Dwi'n diffodd y sgrin ar fy ffôn, ac yn suddo i fewn i'r fatras. Dwi'n gobeithio y bydd hi'n haws cysgu heno, gan wybod mod i'n cael mynd 'nôl at ryw fath o normalrwydd fory. Ond unwaith dwi'n cau fy llygada, ma'r clic clic clicio yn dechra eto.

卌

Clic. "Ma'r goriada dal yn yr injan!" Karim yn bloeddio o dacsi Abba. Oedd Karim ar shifft pan na'th o ffonio Tariq. Oedd o wedi nabod y tacsi yn syth.

Oedd Abba wedi gadael ei dacsi yng nghanol y lôn, gan flocio'r traffig o'r ddwy ochr.

A dim golwg o Abba yn nunlla. Roedd y ddynes oedd yn cael lifft 'di drysu gymaint â ni. Yn stryffaglu allan o gefn y tacsi.

"Dowch, Mrs Parri, a' i â chi adra."

"Na'th o jyst stopio! Yn ganol y lôn fel'na!" Dwi'n cofio un o'i dwylo yn gafael yn dynn am ei bagia Tesco, ei ffon

gerdded yn crynu yn ei llaw arall. Arweiniodd Karim hi at y pafin.

"Oi! Ffycing symwch, ia?!"

Clic. Wyneb blin o gyfeiriad y rhegi. Un o'r ceir oedd yn styc yn y traffig.

"Anwybydda nhw," medda Mo. Ac o'n i'n falch bod o yma. O'n i'n methu peidio meddwl oedd o ar y ffordd ata i i'r iftar yn nhŷ Daadi.

Clic. Karim yn neidio i fewn i dacsi gwag Abba a'i symud o'r ffordd.

Clic. Y traffig yn dechra symud. A'r cyrn yn tawelu.

Clic. "Nobeds! Dach chi'm ffit i fyw 'ma!" Yr un llais eto, yn agosach na'r tro cynta. Ffenest i lawr. Llygada fel bwledi'n syllu arnan ni. "Ffyc off adra, ia!"

"Piss off, mêt!" medda Karim ar ôl dod allan a chloi tacsi Abba. Mi na'th y boi arall godi dau fys cyn slamio'i bedals a gwibio i ffwrdd.

Maen nhw'n deud bod 'na ymateb greddfol gan bobol i sefyllfaoedd fel hyn.

Ymladd. Dianc. Rhewi.

Ymladd oedd ymateb Karim. Ond wrth i Karim roi'r goriada yn llaw Tariq, oedd o'n edrych fel tasa fo'n cael ffeit efo'i reddf i ddianc.

Ond o'n i'n methu symud. O'n i wedi rhewi.

Clic. "Reit. Plan of action." Karim a'i wyneb crwn. Wyneb annwyl. Bocha llawn. Chewing gum yn rhan o'i uniform. "Sgen Mrs Parri ddim syniad pa ffor' aeth o."

Shit.

"So. Rhif un: dwi am fynd â Mrs Parri adra. Rhif dau: ma Mo am gerdded ffor'na." Ma'n pwyntio i fyny am y dre. "Rhif tri: Aniq a Tariq, dach chi am fynd ffor'na." Mae o'n pwyntio i gyfeiriad y môr.

Clic. Tariq yn edrych yn swp sâl. Karim yn gafael yn ei sgwydda fo a'i ysgwyd. "Hei! Ty'd 'ŵan, Tariq. Fydd bob dim yn iawn." Sgwd arall. "Duw, ella na methu aros am iftar oedd o! Ella bod y cradur adra'n sglaffio cebábs fel 'dan ni'n siarad!"

11

DWI'N TRIO ANWYBYDDU'R clicio wrth gamu drwy giatia'r ysgol. Ma gweld siôl oren Robyn yn help. Ac yna ei wên, yn lledaenu wrth iddo fo sylwi arna i'n cerddded tuag ata fo. Ma'n dechra gneud rhediad slow motion, a ma'i siôl o fel clogyn superhero yn hedfan tu ôl iddo. Dwi'n teimlo fflach o egni a hiraeth yr un pryd wrth weld wynebau'r pedwar yn dod o hyd i fi. Yn sgleinio efo cyffro.

"OMG, Ani!" Ma Robyn wedi fy nghyrradd i o'r diwadd ar ôl y rhediad dramatig. Ma pawb arall yn dal i fyny efo fo, a maen nhw'n gneud cylch o nghwmpas i – Tami ar fy ochr dde. Robyn ar y chwith. Tim a Cat o mlaen i – a dwi'n cael mwytha anfarth. Minus Tim sy jyst yn mwynhau'r olygfa. Ma'n gneud i fi feddwl am bengwins yn hydlo i gadw'n gynnas yn Antartica. A dwi mor falch o fod yma.

Dwi'n cael y teimlad nad ydw i'n ei gael yn nunlla arall, nac efo neb arall. A dwi'm yn gwbod sut i'w ddisgrifio fo. Ma'n teimlo fel ochenaid o ryddhad. Fel hyn dwi'n dychmygu ma'n teimlo i ddod adra.

Ma cloch yr ysgol yn tarfu ar y mwytha a'r chwerthin. 'Dan ni'n dechra cerdded am y fynedfa.

Mi fydd heddiw yn OK. Mi fydd heddiw yn OK.

𝍸

Ma hi'n amser egwyl. 'Dan ni'n Pump yn y bistro. Dwi ar ganol can o Fanta. Dwi'n gallu teimlo Cat yn trio stopio'i hun rhag gofyn. Ma hi 'di gneud yn reit dda i'w ddal o i fewn drwy'r ddwy wers gynta, i fod yn deg. Ond god, fysa well gen i tasa hi'n peidio.

"So. Aniq." Shit. "Deutha ni be ddigwyddodd." Oedd o'n fwy fel gorchymyn na chwestiwn.

"Gad e fod, Cat. Dwi'n siŵr neith Ani weud yn ei hamser ei hunan." Ma Tami mor ystyriol.

"Ond 'dan ni 'di disgwl wsnos yn barod! Not going to lie, os tasa nain chdi ddim mor cŵl fyswn i 'di bod yn mega pissed off bo' chdi 'di gadael ni fel'na."

Dwi wir ddim isio i adra lifo fewn i fama. Fama ydy lle ma bob dim yn gneud sens i fod.

Heb edrych i fyny o'i dost amser egwyl, ma Tim yn deud, "Pam 'nest ti adael?" A dwi'n gwbod bod Tim angen ateb call. Ond does gen i ddim un i'w gynnig.

"Aniq, pam 'nest ti adael?" mae o'n gofyn eto.

"Ma'n OK, Tim. Dwi'n siŵr y gneith hi egluro." Ma llygada Robyn arna i. Ma'u llygada nhw i gyd arna i. Dwi'n teimlo fy nwylo yn suddo i fewn i'r can Fanta. Ac wrth i fi wasgu'n dynnach, ma'r pinna bach yn deffro. A mae o gymaint gwaeth nag arfer. Corwynt ohonyn nhw'n dyblu ac yn treblu, drwy fy mreichia, fy nghoesa, fy nwylo, fy nhraed.

"Ond pam?"

Ma'n rhaid i fi fynd o 'ma. Fedra i ddim ildio i'r pinna o flaen pawb yn fama. Dwi'n codi'n sydyn, fel taswn i newydd gael electric shock. A ma'r impact yn achosi i'r can Fanta dollti dros y bwrdd, dros dost Tim a chornel siôl Robyn.

"Shit. Dwi'n sori."

Ma raid i fi fynd o 'ma.

Rhaid i fi fynd o 'ma.

Mynd o 'ma.

O 'ma.

Dwi'n cerddded heb feddwl. Fy mreichia a nghoesa yn mynd yn drymach efo bob cam. Y pinna bach yn eu gneud nhw'n numb. Yn ddideimlad.

"Aniq!" Llais Cat yn adleisio drwy'r coridor tu ôl i fi. Dwi'n trio dal i gerdded ond ma'r pinna bach yn rhy gry. Yn trymhau fy holl gorff.

"Aniq." Llaw ar fy ysgwydd. Yn chwynnu chydig ar y pinna. "Ti'n OK?"

Ond dwi'n methu ateb. Dwi'n sylweddoli mod i'n anadlu'n ofnadwy o uchel.

"Ewn ni â hi i'r Hafan, ife?" Llais Tami o rywla, a ma braich Cat amdana i. Ma hi'n rhwbio fy mraich. A heb iddi sylwi ma hi'n helpu, yn lleddfu'r pinna bach sy'n bla drwydda i.

"Ti mynd i fod yn OK, Ani. Ti'n saff efo ni."

'Dan ni'n cyrradd yr Hafan a ma Tami yn deud, "Sneb 'ma, dewch mewn." Ac yn ara bach ma Cat yn fy arwain i drwy'r drws ac at y beanbags. Dwi'n gweld Tami yn codi i ista ar un piws wrth i Cat fy helpu i ista lawr. Dwi'n suddo i fewn i'r beanbag, yn teimlo'r defnydd meddal. A dwi'n cymryd llond anadl o ogla carpedi ysgol i fewn.

"O, Ani, ty'd yma." Ma Tami a Cat bob ochr i fi. Fel hwylia, yn gafael yn dynn, dynn amdana i. A ma mochau i'n wlyb. Yn socian. A dwi'n teimlo adra yn llifo i fewn i fama.

卌

Dwi'n cofio fy llygada i'n dechra brifo ar ôl tipyn. Y straen o sbio'n fanwl drwy ffenest y car am unrhyw arwydd o Abba. Yn ysu am weld y pentwr taclus o fwstásh, trwyn a sbectol.

Craclo radio'r tacsi dwi'n gofio wedyn.

"Unrhyw niws?" Llais Karim. Newydd ollwng Mrs Parri a'i bagia yn ei chartra.

"Na. Dim byd," atebodd Tariq. Fel robot.

"Ti 'di trio siop Ahmed?" Na'th Tariq slamio'r brêcs a gneud u-turn sharp nes o'n i'n cael fy lluchio o un ochr i'r tacsi i'r llall.

"'Na i ollwng chdi, troi rownd, a dod yn ôl. OK?"

Mi oedd Ahmed 'di dychryn fy ngweld i yn ei siop mor hwyr yn y nos. I'w siop o ma Abba yn mynd i nôl ei groesair. O'n i bron yn medru ogla Abba yn y siop – cymysgedd o inc, hen faco a phapur newydd. Ond doedd Ahmed heb ei weld o ers y diwrnod cynt.

"Be careful out there!" medda fo wrtha i cyn i fi adael, yn amlwg yn poeni am ferch mewn hijab yn crwydro canol y dre'r adag yna o'r nos.

"Shukriya, Ahmedji. Salam."

𝍸

Yn ôl yn yr Hafan ma'r crio wedi troi'n igian. Ma nghorff i gyd yn ysgwyd efo bob hicyp. A ma Cat a Tami yn gwrando'n astud ar y tameidiau o stori rhwng y dagra. Llygada Cat yn ddwys ond yn gynnas. Llaw Tami yn rhwbio mraich, yn lleddfu mymryn bach ar effaith yr igian. A ma hi'n rhy hwyr. Ma adra wedi dod fel swnami i fewn i fama.

"Cymra dy amser, Ani. Ni 'ma i ti." Llais Tami fel hwiangerdd, yn fy suo i'n ôl i'r stori.

𝍸

Gwynt y môr. Yn gysglyd ac yn hallt wrth i fi gamu o siop Ahmed. A ma'r ofn mwya yn fy nharo i.

"Dreifia am y prom, Tariq. Rŵan."

"Be? Pam?"

"Rŵan!"

A fan'na oedd o. Fel un o'r cerflunia ar Crosby Beach yn Lerpwl. Fel tasa'r môr wedi'i hudo fo i fewn.

"Abba!" medda fi, mor uchel ond mor dyner ag o'n i'n gallu. O'n i ddim isio'i ddychryn o.

"Ffycin hel!" Tariq yn gwibio heibio gan luchio'i sgidia a'i jaced ledar, cyn defnyddio'i holl nerth yn erbyn yr ewyn

a'r tonnau. A'r rheini'n cyrradd sgwydda Abba'n hawdd.

"Abba!" Tariq yn bloeddio nerth esgyrn ei ben, yn cwffio'n erbyn y dŵr.

Ac yn ara bach, dwi'n teimlo fy ymennydd yn gadael fy nghorff. Dwi'n arnofio uwchben y byd go iawn. Nes dwi'n ista ar fodrwy planed, yn bell, bell i ffwrdd. Yn sbio i lawr ar y môr, ac arna fi fy hun wedi rhewi ar y prom. Ac o fan'na, dwi'n gweld wyneb Abba. Drwy'r gwymon a'r ewyn a'r dŵr, ma gola'r lleuad yn goleuo'r wên ar ei wyneb. A dwi'n methu dallt pam ei fod o'n gwenu.

"Abba!" Ma Tariq bron â'i gyrradd. Ma'n llamu amdano fo. Ond yn union yr un pryd ma 'na don anferth yn eu gorchuddio. A dydy'r lleuad ddim yn ddigon llachar i fi eu gweld nhw am chydig eiliada.

Ac ella mod i'n dychmygu, ond dwi bron yn siŵr mod i'n gweld ffigwr arall yng nghanol y tonnau. Amlinelliad gloyw. Arian. Fel pluen eira.

A ma'r don nesa yn osgoi Abba a Tariq. Y gola gwyn fel dwylo tu ôl iddyn nhw. Ac er bod naw deg y cant ohona i yn gwbod na gola'r lleuad oedd yn chwara tricia arna i, ma'r deg y cant arall isio credu mai Ammi oedd yno. Yn hyrddio'r tonnau i ffwrdd rhag boddi'r ddau.

"Na'th o jyst gadael y tacsi, a cerddad fewn i'r môr!" Dwi'n trio gorffen y stori. Ma Cat a Tami wedi dychryn – ceg Cat yn lledagored a Tami yn ysgwyd ei phen o un ochr i'r llall. "O'n i'n meddwl bod o'n well. Ond dwi ofn fod o'n waeth."

"Dwi mor sori, Aniq," medda Cat wrth i Tami basio tishw i fi sychu nhrwyn. "Doedd gen i ddim syniad fod petha mor ddrwg. Lle ma dy dad rŵan 'ta?"

"Sbyty. Ga'th o niwmonia." Dwi'n trio atal ton arall o ddagra. "Ma 'na waiting list i gael help efo bob dim arall."

"Typical," medda Cat gan ysgwyd ei phen.

"Ti'n gwbod bo' ni 'ma i ti?" medda Tami wrth ddefnyddio tishw arall i sychu fy mochau. "Dwi'n gwbod bod 'da ni i gyd shitty shit yn mynd mlaen yn ein bywyde ni..."

"Major shitty shit!" Cat a'i dwylo allan o'i blaen a ma'i gweld hi mor animated yn gneud i fi wenu.

"Ond ni i gyd 'ma i ddelio 'da'r shitty shit gyda'n gilydd, OK?" Ma Tami'n gorffen efo'r tishw sy'n llawn briwsion masgara. "Ti 'di bod yn neud mor dda."

"Rhy dda?" Ma llygada Cat yn chwyddo a ma hi'n nodio ei phen i'r ochr.

"Cat!"

"Ma'n OK. Cat sy'n iawn." Dwi'n chwara efo'r tishw gwlyb yn fy mysedd. "Dwi jyst isio i bob dim fod yn normal."

"Babes, sbia arnan ni. What the hell is normal even?!"

"Speak for yourself, Cat!" A ma gwylio'r ddwy yn tynnu coes ei gilydd yn mynd â fi'n ôl i'r ysgol gynradd. Yn ôl i'r sleepovers pan oedd Cat yn mynnu aros yn effro drwy'r nos, a bob tro oedd 'na awgrym o dawelwch neu gwsg roedd hi'n dechra cosi Tami a fi nes oeddan ni'n crio chwerthin. Na'th Tami hyd yn oed bi-pi ei hun unwaith. Ond na'th o jyst neud i ni chwerthin mwy.

"Sori am neud scene." Ma Cat a Tami yn troi i sbio arna i.

"I fod yn hollol onest, Ani, ar ôl be ti newydd ddeud wrthan ni, dwi'n meddwl bod gen ti right. Ma gen ti *hawl* i neud 'scene'," medda Cat gan neud dyfynodau yn yr awyr.

"Exactly!"

"Ti'n mynd i fod yn OK, sti."

"Na, *ni* yn mynd i fod yn OK. OK?" Ma Tami yn codi ei breichiau fel gwahoddiad i ni gael mwytha.

"Obvs!" medda Cat. A dwi'n teimlo fy hun yn dal fyny efo hi. Yn clicio'n ôl in sync. A ma'n teimlo mor dda. A Tami fel glud yn ein dal ni efo'n gilydd. Yn ein gwasgu ni'n dynn, dynn.

卌

Ma crio mor flinedig. Rhyfadd. Dwi'n gysglyd. Y math o gysglyd ti'n deimlo ar ôl dos o wynt y môr. A ma'r tŷ yn teimlo'n bellach o'r bŷs nag arfer.

Dwi'n camu i fewn i'r tŷ. Ac wrth sbio am y gegin, dwi'n gweld Abba! Yn ôl ar ei orsedd wrth fwrdd y gegin. O'n i'n meddwl na fory oedd o'n dod adra o'r sbyty?! Waw, dwi mor falch o'i weld o. Dwi'n gollwng fy mag a'r ffolder Celf ac yn rhedeg drwy ddrws y gegin.

"Abba!"

Ond cyn i fi fedru gafael amdano fo a'i wasgu ma 'na fraich drwchus yn fy stopio i.

"Ma dy dad wedi blino," medda Daadi.

Dwi'n meiddio trio symud ei braich hi o'r ffordd. Ond ma hi'n rhyfeddol o gry.

"Abba?" Dydy o ddim hyd yn oed yn codi ei ben i sbio. Ma jyst yn syllu yn fud ar y bwrdd.

"Dos i fyny, ia, Aniq?" A sgenna i ddim dewis ond mynd.

12

☹ Y Pump ☺

_ROBXN

OMG dwi methu CREDU bod yr arddangosfa gelf nos fory. WTF. Sut maen fis Mai yn barod?!

TIMMORG

Pam, be sy'n bod?

_ROBXN

jyst ddim cweit yn barod tbo...

TIMMORG

Dwi'n barod. Mae gen i 10 llun i arddangos.

_ROBXN

wrth gwrs bo chdin barod. #eyeroll

TIMMORG

Ti'n siarad mwy na ti'n peintio yn y gwersi celf.

_ROBXN

True that. Ond tbo be Tim, I'm just here 4 the lolz. IMR Aniq Masood?

Dwi'n stafall fyw tŷ Daadi yn trio dewis pa lunia i'w harddangos. Dwi 'di deud wrthi bod hi ddim yn cael sbio arnyn nhw tro 'ma. Ma hi mor fusneslyd.

☹ Y Pump ☺
ANIQMSD os tn siarad am y lolz fyddna ar gwaith fi, then yes defo. #help
BRYAN_TAMI stfu fyddi din FAB.
CAT'X Ie STFU t SO am gal y marc ucha. Soz Rob a Tim :D

Er bod petha dal yn shitty shit, ma petha'n teimlo'n well. Na'th Tami awgrymu code word ar gyfer yr adega pan dwi'n teimlo petha'n mynd yn 'too much', fel ddudodd hi. Na'th hi awgrymu 'shitty shit' i ddechra, ond 'dan ni'n tair 'di dechra deud hynna gymaint erbyn hyn dydy o'm wir yn gweithio! So 'Fanta' ydy o rŵan. Er cof am siôl stici Robyn. A tost soggy Tim. (Dwi'n dal i brynu tost i Tim bob amser egwyl i neud fyny am y peth.)

Dwi heb iwsio'r code word eto. Ond dwi'n gwbod bod o yna. Os dwi angan.

Cnoc ar y drws.

"Ga i ddod i fewn?"

"Dau funud!" Dwi'n hel y llunia at ei gilydd yn un pentwr a'u troi nhw drosodd.

"OK." Ma'r drws yn agor a dwi'n ogla kheer. "I fi ma hwnna?" Dwi'n methu peidio gwenu. Kheer Daadi ydy'r gora.

"Ella. Os ti'n hogan dda."

"Bob amser, Daadi."

Ma hi'n rhoi un o'r powlenni o kheer cynnas yn fy nwylo i, y llwy wedi deifio i fewn yn barod. Ma Daadi'n licio byta'i un hi yn syth o'r bowlan, fel tasa hi'n ei yfad o. Ond dwi'n licio gneud iddo fo bara mor hir â fedra i. Mwynhau bob llwyaid yn iawn. Ma fatha pwdin reis. Ond lot, lot neisiach.

Dwi'm yn dallt pobol sy ddim yn licio pwdin reis. Basically, maen nhw'n rong. Neu dydyn nhw jyst heb gael powlan o kheer Daadi. Ma'n hufennog ond yn ysgafn. Yn gysurus o felys. A ma Daadi bob amser yn ofnadwy o hael efo'r coconut a'r almonds a'r saffron. Ma hi wedi gorffen llowcio tra dwi dal ar fy nhrydedd cegiad.

"Pryd ma'r peth Celf 'ma gen ti 'ta?"

"Ddim tan mis nesa." Shit. Ydy hi'n gallu deud bo' fi'n deud clwydda? OK. Dwi erioed, erioed wedi deud celwydd wrth Daadi. Ond ar ôl bob dim dros yr wythnosa dwytha 'ma, dwi'm wir isio i neb ddod i'r arddangosfa. Ma petha'n well, yn bendant. Ond dwi ofn i betha chwalu eto. Hollol typical ei bod hi'n flwyddyn i'r un diwrnod â'r arddangosfa ers i Ammi fynd. Dwi'm isio i Abba ypsetio, yn enwedig o flaen pawb yn yr ysgol. Ma jyst yn haws fel hyn. Dwi'n meddwl.

Dwi'n cymryd llwyaid arall o'r kheer, yn disgwyl i Daadi ddeud rwbath.

"Ti 'di dangos y llunia i Abba wedyn?"

"Ddim rheini fydda i'n dangos eniwe." Hannar celwydd. Ond fydd hi ddim yna i weld, so ma'n iawn. Dwi'n meddwl.

"O, da iawn." Ma'r 'da iawn' yn brifo chydig bach.

"Mi fydd dy dad yn iawn, sti." O lle ddaeth hynna? "Ma colli unrhyw un yn anodd. Ond ma colli cymar fel'na, mor sydyn, mor ddirybudd, ma'n siŵr o ysgwyd unrhyw un."

Dydy hi ddim yn sbio arna fi. Ma fel tasa hi'n trio siarad efo hi ei hun. A dwi isio ateb a deud, "Dwi'n gwbod! Hi o'dd fy Ammi i!" ond dwi'm yn meiddio. Dwi jyst yn gwrando.

Dwi'n anadlu i fewn i ddechra deud rwbath, ond ma hi'n codi'n sydyn cyn i fi neud.

"Ti 'di gorffan?" Ma hi'n cymryd y bowlen o nwylo cyn i fi ateb. A do'n i ddim cweit. Mi oedd 'na lyfiad ar ôl.

卌

"Awtsh!" Ma Robyn newydd sticio brwsh eyeshadow yn fy llygada i ar ddamwain. "Be 'nesh i i *chdi*?!"

"OMG sori, Ani!" medda Robyn gan roi ei law ar ei geg isio chwerthin. "Ti'n iawn?"

"O leia fydd eyeballs fi'n sgleinio 'fyd. Ideal." Ma Robyn

yn gweiddi chwerthin. Ond god, ma'n llosgi. Ar ôl i fi sychu'r dŵr sy'n dyfrio o fy llygada, ma Robyn yn dal ati i neud fy makeup. Ma Robyn wastad yn gneud i fi ymlacio pan mae o'n gneud fy makeup i.

"Faint o lunia ti am ddangos yn diwadd 'ta, madame?"

"Oedd hi'n anodd dewis. Ond dwi 'di mynd am bump."

"Www on brand. I love it!" A dwi'n medru clywad Robyn yn gwenu er fod fy llygada i ar gau rhag y brwsh.

"Ti'n gwbod be, dwi mor falch fydd 'na neb o adra yna heddiw."

"Ti'n siŵr na dyna be ti isio, wyt?" medda Robyn wrth roi masgara ar fy amranna yn araf a gofalus. Eu cyrlio nhw reit i fyny. "Dwi'm isio i chdi ddifaru."

"Ma'n fine. Siŵr fydd 'na gyfla eto."

"Ia, ond technically, hon ydy dy arddangosfa gynta di, 'de."

"Ia, ond dydy hi'm rili'n un go iawn, nadi? Jyst ysgol ydy o, 'de?" Dwi'm yn meddwl fod Robyn yn convinced. Ma'n gorffen masgara fy llygad dde cyn symud i'r un chwith, ac yna'n ymateb.

"Ma siŵr bo' chdi'n iawn. Jyst ysgol. Fydd o ddim byd i gymharu â pan fyddi di'n agor sioe yn y Royal Academy neu'r Guggenheim yn New York!" Dwi'n gallu deud bod o'n gwenu. "Dyna chdi." Dwi'n agor fy llygada, yn disgwyl iddyn nhw addasu i'r gola.

"Perffaith."

Ma'n estyn am y drych sydd ar y dressing table. Dwi'n sbio ac yn dychryn chydig bach.

"O shit. Ti'm yn licio fo."

"Na, na, dwi yn! Gaddo. Jyst..."

"Be?"

"Dwi'n edrych fatha hi. Ydw?"

Ma Robyn yn ista wrth fy ymyl i ar y gwely ac yn sbio i fewn i'r drych. Braich rownd fy ysgwydd.

"Wyt, Aniq. Ti union yr un fath." Ma'n rhoi sws sydyn ar fy moch i. "Ond cofia. Aniq w't ti. Neb arall. Aniq Masood ni." Ma'n cymryd y drych o fy llaw a'i osod yn ôl ar y dressing table, cyn rhoi mwytha tyn, tyn i fi.

"Dwi'n caru Aniq Masood ni!" ma'n gweiddi dros y lle. A dwi'n methu peidio chwerthin. Chwerthin o fy stumog.

Pan ma Robyn a fi'n cyrradd drysa'r ysgol, dwi'n gweld Mo tu allan i'r neuadd, a dwi'n dechra teimlo'n nyrfys. Dwi heb siarad efo fo'n iawn ers drama Abba. Ma Robyn yn synhwyro mod i'n slofi lawr chydig bach. Ma'n rhoi ei fraich drwy mraich i, a dwi'n teimlo'n gryfach yn syth.

"Aniq. Ti'n edrych yn…"

"'Dan ni'n gwbod, Mo, ma hi'n edrych yn gorjys. Rho'r dafod 'na'n ôl lle ma fod, for god's sake."

"Robyn!"

"Dwi 'di dod i weld dy waith di. Gobeithio bo' chdi'm yn meindio. Ac o'n i'n cofio bo' heddiw'n ddiwrnod… wel… yn ddiwrnod anodd, so…"

Dwi'n teimlo fel tasa 'na dylwyth teg yn giglo tu fewn i fi. Cringe, dwi'n gwbod. Dwi'n sylweddoli mod i jyst yn sefyll yna, yn syllu ar Mo. Shit.

"O ym, diolch. Diolch, Mo. Wela i di tu fewn, ia?" Ma Robyn yn fy llusgo i heibio Mo ac i fewn i'r neuadd. Ma Tim wrth ei ddeg llun, gyda'i fam a'i dad yn gwenu gymaint ma'n edrych yn boenus.

"Helô, Aniq." Llais cynnas Ms Blake. "Dewis arbennig. Da iawn ti." A ma'n deimlad od, ond dwi'n reit falch o fi'n hun. Os ydy Ms Blake yn hapus, dwi'n fwy na hapus! Ma Robyn yn tagu.

"O ia. A ti Robyn. Da iawn ti," medda Ms Blake braidd yn ansicr. A dwi'n trio stopio fy hun rhag chwerthin.

"Diolch, Ms!" medda Robyn a'i ben yn uchel.

"Mwynha heno rŵan, OK?" Ma hi'n rhoi winc sydyn i fi cyn mynd i siarad â rhieni Tim.

Y person nesa 'dan ni'n ei weld ydy Cat.

"OK. Plis plis plis paid â casáu fi OND…" O god, be rŵan. Ma hi'n camu i'r ochr.

Ac am eiliad dwi'n methu anadlu.

"Be ti 'di neud?" dwi'n sibrwd.

"Syrpréis." Ma Cat yn gneud gwên slei. "Ty'd Robyn, ma mam a dad chdi 'di cyrradd. Awn ni i weld dy gampweithia di, ia?"

"O ha ffycin ha, Cat." Ma Cat a Robyn yn sgipio i ffwrdd. A dwi jyst yn sefyll. Yn syllu ar gefnau'r tri.

Tariq. Abba. Daadi. Yn un rhes o flaen fy llunia i. A darna bach o Ammi yn llifo drwy'r bylcha rhyngddyn nhw. Fel gola. Dwi'n dechra camu tuag atyn nhw. Dwi'n gweld braich Abba yn codi i afael yn Daadi. O god, mae o'n ypsét. Shit.

"Abba?" Dwi reit tu ôl iddyn nhw.

Ac yn slo bach, ma Abba yn troi rownd. Ma'i lygada fo'n wlyb. Ond ma'n gwenu.

"Aniq," medda Abba am y tro cynta ers dwi'n cofio, "ty'd yma."

A ma'n camu tuag ata i ac yn rhoi ei freichia amdana i. Fy ngwasgu i'n dynn, dynn. I ddechra, dwi'n llonydd. Dwi'm yn siŵr be i neud. Ma hyn yn deimlad mor ddiarth. Ond wrth i Abba fy ngwasgu i'n dynnach, dwi'n pwyso i fewn i'r mwytha. A dwi'n rhoi mreichia amdano fo, ei fwstásh yn cosi fy nghlust drwy'r sgarff.

Ar ôl y mwytha gora i mi eu cael ers talwm dwi'n sefyll efo Tariq, Abba a Daadi o flaen y llunia. Ma llygada Tariq braidd yn wlyb hefyd.

"Iawn, Tariq?"

"Dwi'n fine," ma'n sniffio. "Ti *yn* mega swot, dwyt?"

"Yndw!" medda fi, wrth i Tariq afael yn fy ysgwydd a ngwthio i'n chwareus.

"Ma nhw'n arbennig, Aniq," medda Daadi.

Ma Cat, Robyn, Tami a Tim yn cerdded draw. "Dach chi i gyd yma!"

"Obvs! Proud moment, dydy!" medda Cat. "Dach chi awydd mynd am dro wedyn?"

"Be, pawb?" medda fi.

"Ia, pam lai? Be am fynd at y prom?" Shit. Dwi'n troi i sbio ar Abba, yn poeni fod Cat wedi rhoi ei throed ynddi.

"Syniad da, Catrin. Mi fysa'n braf cael mymryn o wynt y môr." Ma Cat yn gwenu ar Abba, ac yna arna i. "Alla i ddim meddwl am ddim byd gwell." Ma'n plethu ei fraich yn fy mraich i.

Ma Cat a Tim yn ein harwain ni i gyd allan o'r neuadd.

"O, by the way, Ani, dwi'n ca'l first dibs ar y llun canol, OK?" medda Tami.

"I beg to differ," medda Robyn.

A 'dan ni'n gadael y neuadd. A gadael y pump llun fel atgofion tu ôl i ni.

Ammi a fi'n cerdded ar y prom.

Haid o wylanod dychmygol Tariq.

Paentiad o Daadi ym Mhacistan.

Abba ac Ammi law yn llaw ar lan y môr.

Ac yn y canol, yn galon i bob dim, ma Robyn, Cat, Tami a Tim, yn sgleinio yn yr haul.

Dyma restr o wefannau allai fod o gymorth.

Meddwl: meddwl.org

Mind: mind.org.uk

Meic Cymru: meiccymru.org

Shout: giveusashout.org

The Mix: themix.org.uk

YoungMinds: youngminds.org.uk

Diverse Cymru: diversecymru.org.uk

Muslim Council of Wales: muslimcouncil.wales

Islamic Relief: islamic-relief.org.uk

Muslim Hands: muslimhands.org.uk

EYST Wales (Ethnic Minorities & Youth Support Team): eyst.org.uk

Cruse Bereavement Care: cruse.org.uk

Gobaith Eto: cy.hopeagain.org.uk

Project 13: projectthirteen.cymru

Comisiynydd Plant Cymru: complantcymru.org.uk/cyhoeddiadau/adnodd-taclo-islamoffobia

Tim
Y PUMP
ELGAN RHYS
gyda TOMOS JONES

Tami
Y PUMP
MARED ROBERTS
gyda CERI-ANNE GATEHOUSE

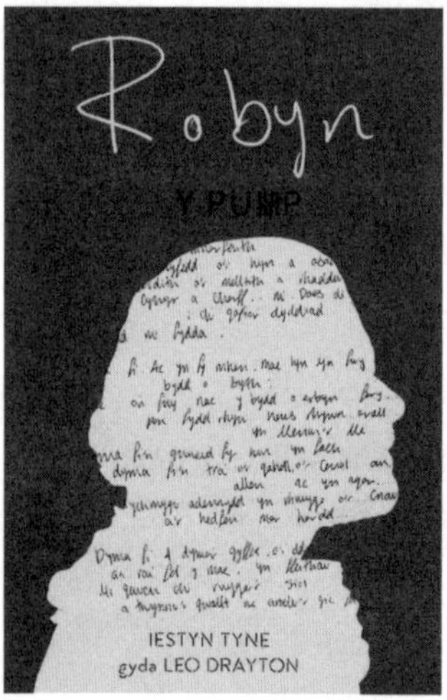
Robyn
Y PUMP
IESTYN TYNE
gyda LEO DRAYTON

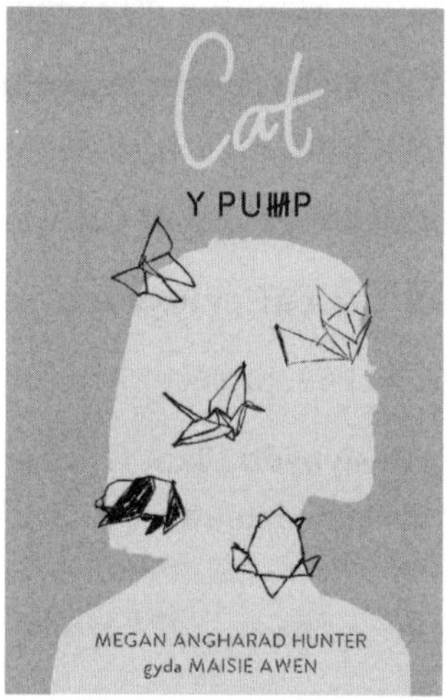
Cat
Y PUMP
MEGAN ANGHARAD HUNTER
gyda MAISIE AWEN